Philippe Forest

Tous
les enfants
sauf un

Gallimard

Avant-propos

J'ai réalisé qu'hier, il y a dix ans, notre fille était morte. C'était le 25 avril 1996.

Cela fait donc dix ans très exactement que j'ai écrit les premières lignes de mon premier roman. Dans *L'enfant éternel*, puis dans *Toute la nuit* à nouveau, j'ai raconté comment.

Depuis, je me rappelle avoir plusieurs fois pensé que je devrais reprendre ce récit, lui donner une forme qui convienne davantage à ce que j'aurais dû dire mais que l'immédiateté du désespoir m'avait interdit d'exprimer comme il convient. Je ne me suis jamais relu. Cela n'est pas nécessaire. Je sais bien que j'ai mal dit, mal fait. Un roman me paraissait l'évidence. Mais cette évidence est aujourd'hui très lointaine. Il me semble qu'il aurait fallu tout présenter sans aucun artifice : dire très directement les événements tels qu'ils se sont déroulés de manière à faire entendre, sans littérature, ce que, dans le monde d'aujourd'hui, peuvent signifier la maladie et la mort d'une enfant.

J'ai pensé parfois que lorsque dix ans auraient passé je pourrais raconter à nouveau ce qui nous était arrivé. Et que, si j'en étais capable, je le ferais alors comme il fallait. Simplement, je ne pensais pas que dix ans passeraient aussi vite. Et que tout ce temps m'aurait laissé à ce point inchangé.

Ce qui reste d'un roman

Le cancer dont devait mourir notre fille a été découvert en janvier 1995. Pauline — née le jour de Noël — venait tout juste de fêter son troisième anniversaire. J'avais trente-trois ans. Hélène — que j'ai appelée Alice dans mes romans et à qui je rends aujourd'hui son vrai prénom — n'en avait pas encore vingt-cinq. Nous venions de passer les vacances d'hiver dans une vieille propriété familiale située au cœur des montagnes de l'Ain, à quelques kilomètres du lac de Nantua, en lisière de forêt, au bout d'un minuscule village qui porte pour nom Le Balmay. La maison est maintenant vendue et les cendres de mon père reposent désormais dans le cimetière de Vieu-d'Izenave, la paroisse voisine.

Quand nous sommes rentrés à Paris, nous avons pris rendez-vous avec la pédiatre qui suivait notre fille depuis sa naissance. C'était un rendez-vous de routine comme ceux qu'exige à intervalles réguliers le carnet de santé des enfants. Pauline paraissait pâle et parfois épuisée mais nous attribuions son état à la vie nouvelle qu'elle connaissait depuis son entrée à l'école maternelle, au surcroît d'anxiété et d'activité qu'entraînait l'excitation du monde inconnu dans lequel elle avait pris place. Nous n'avions aucune raison de nous alarmer. Elle était une enfant en bonne santé, épargnée par la plupart des affections ordinaires dont on souffre à cet âge. Les cauchemars qui la réveillaient la nuit, les douleurs dont elle se plaignait parfois ressemblaient aux tracas sans réelle importance qui accompagnent toujours la croissance des tout petits enfants. Une seule chose nous étonnait : la vitesse à laquelle elle grandissait et qui, à elle, la plus jeune de sa classe, donnait une taille très supérieure à celle de tous ses camarades. Mais grandir n'est pas une maladie.

Nous nous sommes rendus chez la pédiatre de Pauline la veille de la rentrée de janvier et, lorsque l'examen a été presque fini, nous avons signalé au docteur qu'il arrivait à notre fille, depuis quelques jours, de nous dire que son bras lui faisait mal. La palpation a effectivement révélé un point douloureux. L'hypothèse d'une légère fracture passée inaperçue rendait plus raisonnable de réaliser aussitôt une radiographie dans une clinique voisine du XVe arrondissement. Le cliché de l'humérus gauche révélait en effet une légère anomalie mais sans pouvoir en préciser la nature. C'est pourquoi le radiologue et la pédiatre ont préféré adresser Pauline au service orthopédique de l'hôpital des Enfants malades auprès duquel un rendez-vous a été immédiatement pris pour le lendemain matin.

Depuis presque dix ans, j'habitais un petit appartement, propriété de mes parents, 4 boulevard Pasteur, au deuxième étage de l'immeuble qui fait l'angle avec la rue Lecourbe. Du moins, je partageais mon temps entre cet appartement — où vivaient Hélène et Pauline — et celui que nous avions acheté à crédit trois ans auparavant à Londres où j'enseignais et où elles me rejoignaient souvent. Depuis les fenêtres de notre domicile parisien, par-dessus les arches du métro aérien, nous pouvions apercevoir, je crois, le sommet des immeubles modernes de Necker. Cela veut dire que ce matin-là, où la neige est subitement tombée en abondance sur la ville, nous n'avions littéralement que quelques pas à faire pour nous rendre à la consultation.

Le médecin qui nous a reçus, sur la foi des clichés radiographiques, nous a expliqué que, pour établir la nature exacte de l'altération osseuse observée, plusieurs examens seraient nécessaires qui exigeraient une hospitalisation de quelques jours. Plutôt qu'une fracture, l'hypothèse la plus vraisemblable, disait-il, était celle d'une ostéomyélite. Ce mot, dont nous ne savions pas le sens, désigne une infection de l'os, ordinairement traitée par des doses massives d'antibiotiques. C'est pourquoi l'enfant devait être placée dans le secteur protégé du service où de telles affections sont soignées. Nous avons installé Pauline dans sa chambre où son séjour a duré près de trois semaines : le temps que soient effectuées de nouvelles radiographies, une IRM, une scintigraphie et enfin une biopsie dont les résultats ont tardé quelques jours.

L'attente à laquelle nous n'étions pas préparés indiquait assez que le cas était plus compliqué qu'on ne nous l'avait d'abord laissé entendre. Une tumeur — bénigne ou maligne — comptait au nombre des possibilités évoquées mais il y en avait tellement et celle-ci nous avait été donnée comme si improbable que nous avions préféré faire semblant de ne pas y penser. Pourtant chaque nouvelle journée — où l'on différait le moment de nous révéler le contenu des analyses — faisait grandir en nous le pressentiment du pire. La sœur aînée d'Hélène était médecin. Cancérologue. Elle avait effectué son internat dans le service d'oncologie pédiatrique de l'Institut Curie. Elle a demandé à l'un de ses collègues de passer à Necker afin de s'y faire communiquer le dossier de notre fille. Dès ce moment, nous avons compris.

Le lendemain ou bien le surlendemain, on nous a présenté le résultat des investigations qui avaient été conduites. La biopsie révélait la présence de cellules cancéreuses. Il était trop tôt pour décider si l'on avait affaire à un ostéosarcome ou bien à un sarcome d'Ewing. Cela ne changeait d'ailleurs rien car, dans un cas comme dans l'autre, les pronostics étaient relativement semblables. Chez les enfants, nous a-t-on dit, en général, les taux de guérison étaient bien supérieurs à ceux des adultes : près de trois patients sur quatre survivaient au cancer. Mais les statistiques ne signifiaient rien. Chaque cas était singulier puisqu'au bout du compte un malade vivait ou mourait tout entier.

L'option médicalement la meilleure consistait à confier le traitement à l'Institut Curie tout en laissant à l'hôpital Necker le soin de tout ce qui relèverait de la chirurgie. Le cancer dont paraissait souffrir l'enfant était si improbable que la décision a été prise de refaire toutes les analyses afin de vérifier qu'une erreur d'interprétation n'avait pas été commise. Mais lorsque quelques jours plus tard, les résultats des nouveaux examens sont revenus, ils confirmaient et précisaient le premier diagnostic. L'ostéosarcome est un cancer qui s'attaque aux cellules osseuses et les fait proliférer. Comme toutes les tumeurs, il est susceptible de diffuser ensuite dans tout l'organisme sous forme de métastases. Sa fréquence est très faible. Et c'est pourquoi l'affection est assez mal documentée dans la littérature scientifique. Les exemples sont trop peu nombreux pour qu'on puisse généraliser à partir d'eux de façon probante. En pédiatrie, on compte quelques dizaines de cas par an et ils concernent presque exclusivement les adolescents, les jeunes adultes. Les certitudes sur lesquelles pouvait s'appuyer le traitement étaient donc très rares et très fragiles. La tumeur paraissait d'autant plus virulente qu'elle se développait chez les plus petits patients. Mais cela, nous ne l'avons appris que beaucoup plus tard.

Le professeur Zucker qui avait accepté de s'occuper du cas de Pauline était le chef de service du département d'oncologie pédiatrique de l'Institut

Curie. Assisté d'une infirmière, il nous a reçus Hélène et moi pour nous présenter le protocole et obtenir notre accord. Le traitement était établi en fonction de conventions qui permettaient son évaluation scientifique et supposaient la mise en œuvre d'une panoplie de médicaments dont la combinaison variait aléatoirement selon les malades. Mais la démarche restait essentiellement empirique. Selon les effets des drogues et la réaction de la tumeur, le médecin se réservait à tout moment la liberté de sortir du protocole afin de l'adapter au mieux. Le traitement prévoyait une première série de chimiothérapies au terme desquelles, le cancer ayant régressé, on procéderait chirurgicalement à l'ablation du sarcome avant de reprendre les cures afin de prévenir toute récidive.

L'opération était prévue pour le printemps. Un calendrier a été établi qui organisait la routine des cures. Elles se ressemblaient toutes. Pauline était hospitalisée pour quelques jours dans l'une des chambres de l'Institut. Grâce au cathéter qu'on lui avait fixé sur la poitrine, elle recevait par perfusion les drogues qu'on supposait capables d'agir sur la tumeur, et toutes sortes d'autres produits qui les accompagnaient aussi. Nous rentrions à la maison. Un répit de trois semaines séparait en principe les chimiothérapies. Mais, chaque matin, une infirmière se rendait chez nous pour prélever un peu du sang de l'enfant et l'envoyer au laboratoire. Entre les cellules malades et les cellules saines, les médicaments ne discriminaient pas suffisamment et, tout en s'attaquant théoriquement à la tumeur, ils dévastaient aussi le système immunitaire du malade, le rendant vulnérable à toute forme d'infection. Au cours de l'aplasie, un choc septique pouvait survenir et il arrivait qu'il soit fatal. Si la fièvre montait, il fallait aussitôt retourner à l'Institut pour se mettre sous la protection des antibiotiques. Il était rare qu'une telle alerte ne se produise pas.

Jusqu'au début du traitement, seules les douleurs intermittentes dont souffrait Pauline étaient le signe de sa maladie. Et puis, subitement, tout est allé très vite. Une hypothèse invérifiable prétend que la biopsie, en intervenant dans la masse même de la tumeur supposée, libère d'un coup l'énergie ramassée du mal et lui délivre le signal que celui-ci attend pour se développer. En quelques jours, le bras s'est mis à gonfler formidablement. La douleur a acquis une intensité soudaine qui a rendu nécessaire le recours aux antalgiques les plus puissants : le Skenan qu'il fallait accompagner de Rivotril. Il n'était pas indispensable d'être médecin pour constater à quel point le cancer gagnait. Un examen à l'œil nu suffisait. Le haut du bras, entre le coude et l'épaule, avait doublé de volume. La peau paraissait tendue au point de rompre sur la grosseur qu'elle enveloppait. Tout le réseau des veines qui filait vers la poitrine avait acquis un relief inquiétant et maladif. Il y avait la douleur surtout. Les doses de morphine étaient régulièrement augmentées mais le mal semblait toujours en avance sur les mesures prises pour en effacer les effets.

Un jour, le diamètre du bras a pourtant cessé de croître. Et puis, il a perdu d'un coup quelques centimètres. On pouvait supposer que la tumeur s'était révélée sensible à la seconde des deux drogues dont le protocole prévoyait l'alternance. Ce succès relatif permettait d'envisager le passage à la phase chirurgicale du traitement. De toute façon, les résultats de la chimiothérapie avaient été si limités qu'il ne restait pas grand-chose d'autre à faire. Les examens ne signalaient aucune diffusion du cancer dans le reste du squelette ou à aucun des autres organes les plus exposés à la maladie. En revanche, même pour un regard non exercé, il suffisait d'une simple radiographie pour apprécier la violence de la tumeur. L'os de l'humérus avait perdu toute forme. Il ressemblait à un oignon sur le point de germer et de laisser éclore à travers le derme le panache d'une fleur mauvaise. C'était cette chose que la lame des chirurgiens devait extraire.

L'opération a été organisée dans une certaine précipitation. À quelques jours de la date prévue, le bras a recommencé à enfler. Cependant, il n'y avait plus moyen de reculer. Dès le diagnostic, on nous avait annoncé que l'intervention laisserait peut-être des séquelles, que la croissance du bras malade risquait d'être affectée, que la pose d'une prothèse était parfois indispensable et que la mobilité du membre, de la main dépendait de la préservation problématique des nerfs pris dans la gangue de la tumeur. Nous n'en avions pas demandé davantage. Le mot même d'« amputation » ne nous était pas venu à l'esprit. Nous avons su seulement par la suite que la règle commandait chez les adultes l'ablation systématique du membre malade et qu'aux enfants seulement, et parce qu'ils réagissaient généralement mieux aux drogues, on épargnait, si cela était possible, la barbarie raisonnable d'une telle mutilation. Pourtant, l'évidence était sous nos yeux : il paraissait difficilement imaginable qu'on puisse ôter le cancer tout en préservant la partie du corps qu'il occupait désormais tout entier. C'est pourquoi j'ai signé la décharge précisant qu'en cas de nécessité médicale j'acceptais qu'une chirurgie « non conservatrice » — tel était l'euphémisme — soit pratiquée sur ma fille.

Nous avons laissé partir Pauline pour le bloc après lui avoir expliqué au mieux — et avec les mots dont nous pensions qu'elle pouvait les comprendre — que nous ignorions exactement quelle partie d'elle-même il faudrait lui enlever pour pouvoir la soigner. L'opération a duré tout un après-midi de printemps. Nous appelions aussi souvent que nous l'osions et chaque fois on nous répondait qu'il était encore trop tôt pour savoir l'issue de l'intervention et si son bras avait pu être sauvé ou non. Vers les cinq heures de l'après-midi, on nous a répondu que le docteur Journeau et les chirurgiens qui l'assistaient avaient réussi à ôter la tumeur tout en préservant le bras. Une prothèse avait été posée, un nerf avait été sacrifié qui laisserait la main tombante. Une longue cicatrice courait de haut en bas de la partie supérieure du membre, vidé de toute sa substance, singulièrement amaigri, comme resserré autour de l'axe invisible de métal qui, sous la peau et un reste de chair, unissait désormais l'épaule au coude.

L'intervention avait été un succès cependant. Et cela nous rendait stupidement euphoriques. Nous pensions que notre chance nous était enfin revenue. Pauline est restée peu de temps dans le service des soins intensifs. La douleur s'était évanouie d'un coup. Le poids de souffrance et d'angoisse qui l'anéantissait semblait avoir disparu. Du coup, elle paraissait prêter peu d'attention à son nouveau handicap, trouvant d'elle-même et tout de suite la manière qu'il fallait pour accomplir, malgré sa main tombante, tous les gestes nécessaires de la vie. Les cures ont repris. Dans l'intervalle, nous sommes partis en vacances. À l'automne, aucun signe alarmant n'apparaissait aux différents examens. Comme le prévoyait le protocole, la décision a été prise de suspendre le traitement. Le cathéter a été ôté.

La lettre qui nous convoquait pour une nouvelle analyse a mis plusieurs semaines à nous parvenir. Il faut dire que, cette année-là, la poste, comme tout le pays, était en grève. D'ailleurs, il n'y avait pas d'urgence. Sinon, on nous l'aurait signalé par téléphone. Il s'agissait juste de lever la très légère incertitude que faisait apparaître la plus récente radio pulmonaire. Le scanner suivant a révélé la présence de minuscules métastases. Dire quand le cancer avait disséminé était impossible. Cela remontait vraisemblablement aux tout premiers temps de la maladie. Nous avons repris le chemin de l'Institut. La donne était changée. L'absence de récidive locale, ou de toute fixation quelconque ailleurs sur le squelette constituait certainement un point positif. Mais, avec le poumon, un organe vital avait été atteint. La chimiothérapie devait reprendre. En un sens, tout était à recommencer.

En février, la décision d'une cure intensive a été prise. Pauline est entrée dans le secteur stérile de l'Institut Curie où elle est restée un mois. Il s'agissait, si cela était possible, d'anéantir toutes les cellules mauvaises avant de confier l'enfant aux soins d'une équipe de chirurgie thoracique qui, en quelque sorte, finirait le travail. Le docteur Grunenwald, de l'Institut mutualiste de Montsouris, a accepté de recevoir notre fille dans son service. Vu son état — dont certainement Hélène et moi ne voulions pas accepter l'extrême gravité et, pour tout dire, le caractère quasi désespéré —, la décision reposait sur un pari. Personne ne peut dire désormais s'il était ou non médicalement justifié. Mais, c'était l'évidence, Pauline paraissait si irrésistiblement et si amoureusement attachée à l'existence qu'elle réussissait à convaincre aussitôt tous ceux qui la voyaient de la nécessité — absolue et peut-être irrationnelle — de la sauver.

Elle respirait de plus en plus mal. Son visage se trouvait tout congestionné. Une assistance en oxygène lui devenait parfois un soulagement presque indispensable. La seconde opération a eu lieu le 27 mars. Elle a été un nouveau succès — j'utilise ce mot avec ce qu'il faut d'ironie. Après une longue et lourde intervention, la tumeur qui avait grandi dans sa poitrine lui a été ôtée avec la moitié de l'un de ses poumons. L'énergie que Pauline mettait à vivre lui a permis d'obtenir l'autorisation de rentrer chez nous le 15 avril. En apparence, la chirurgie avait réussi à découper dans la poitrine de l'enfant la part cancéreuse, laissant ce qui restait de l'organisme tout à fait sain. Il était entendu cependant que la radiothérapie viendrait dès que possible s'occuper des franges de tissus où s'était arrêtée la lame afin d'y détruire les possibles métastases restées inaperçues.

Pourtant, au bout de deux jours, il a fallu reprendre le chemin de l'Institut de Montsouris. Aucun élément médical nouveau ne s'avérait inquiétant. Une toute petite intervention paraissait pourtant nécessaire pour compléter la précédente et soulager l'inconfort très visible qu'éprouvait l'enfant. L'anesthésie permettrait également de procéder à la pose d'un nouveau cathéter. C'était l'affaire d'une petite semaine. Il ne serait pas même indispensable d'en passer à nouveau par le service des soins intensifs. Mais, au réveil, les médecins avaient dû constater l'évidence : l'enfant était soudainement incapable de respirer par elle-même, il avait fallu l'intuber. Le chirurgien qui, le lendemain, nous a parlé au téléphone, nous a expliqué que le cancer s'était visiblement mis à flamber dans tout le thorax, que notre fille mourrait aussitôt asphyxiée si l'on interrompait la ventilation et que de toute façon son état était devenu si critique que, d'ici quelques heures, elle aurait cessé de vivre.

Nous avons passé une longue journée et une longue nuit auprès d'elle. Les doses massives d'Hypnovel qui lui avaient été administrées la plongeaient dans une torpeur inouïe dont à notre demande elle est sortie à quelques reprises, totalement effarée, rendue muette par l'intubation, écoutant vaguement les mots que nous disions auprès d'elle. La mort viendrait parce que le cœur allait cesser de battre. À un moment, elle s'est crispée. De longues contractions raidissaient tout son corps allongé. Elles se succédaient nombreuses mais aucune ne parvenait à avoir tout à fait raison d'elle. Alors j'ai demandé au médecin de garde qu'il lui épargne le reste et qu'il en finisse. Une injection a été suffisante. Presque aussitôt, les contractions ont cessé. C'est ainsi que notre fille est morte dans la matinée, je m'en souviens, du 25 avril 1996. Il y a dix ans.

De la mélancolie hospitalière (I)

Tous ces événements — que je viens une nouvelle fois de relater en essayant de leur donner la forme du récit le plus nu —, au moment même où j'en étais le témoin et tout au long des dix années qui se sont depuis écoulées, j'ai tenté de les penser pour savoir s'ils avaient un sens.

Il en va ainsi de la vérité : depuis toujours elle est connue de tous et de tous elle est sans cesse oubliée. C'est pourquoi elle demande perpétuellement à être redécouverte. Et elle ne peut l'être qu'à titre personnel puisque la révélation qui la concerne ne prend jamais d'autre forme que celle d'une expérience. C'est-à-dire : d'une épreuve.

Dix ans ne passent pas sans qu'on trouve quelque arrangement avec la vie. Je serais malhonnête de prétendre le contraire. Il y a cependant des choses qui ne s'effacent pas, qui veillent et resurgissent dès qu'un événement nouveau leur en donne l'occasion ou que la seule fatigue d'exister les rappelle à la surface. Ces choses sont : l'extraordinaire immobilité du chagrin, l'effarement inaltéré devant la vérité. Elles sont l'objet de l'essai qui suit.

Je ne veux pas donner un tour trop théorique aux remarques qui viennent. Et je sais bien qu'elles mériteraient d'être plus précautionneusement argumentées. J'affirme là où il faudrait démontrer et convoquer tout l'appareil d'une érudition scrupuleuse. Mais je témoigne simplement d'une réaction unanime dont chacun, un jour, est aussi la proie.

Le tabou de la mort, la sensation de malaise sacré qu'elle produit, quiconque franchit la porte d'un hôpital — pour ne pas parler de celle d'une morgue ou d'un funérarium — l'éprouve aussitôt. Quand cela m'arrive aujourd'hui — dix ans ayant pourtant passé —, je ressens la même nausée immédiate. L'odeur est partout identique — sans doute celle des détergents dont use l'Assistance publique — et elle se confond avec celle de la maladie. La rationalisation des soins impose l'uniformité d'un seul décor : les mêmes couloirs, les mêmes chambres, les mêmes lits, les mêmes instruments de mesure disposés au chevet des patients, la même routine des traitements substituée au temps. Rien n'a changé. Un grand univers immobile et indifférencié veille dans la marge du monde où s'agitent insoucieusement les vivants.

Il est difficile de ne pas se représenter l'hôpital comme un ghetto où des populations sont parquées dans l'attente d'une solution finale invisible et permanente. Ou bien une grande geôle souterraine où les victimes reçoivent les unes après les autres, dans leur cellule, la visite discrète d'un bourreau qui les étouffe ou les égorge avant d'escamoter leur dépouille. C'est le mot terrible de Pascal qui dit toute la condition humaine. Si les hôpitaux, les asiles se ressemblent, c'est parce que la société y installe à l'écart des individus qui se trouvent tous livrés au travail comparable de l'impossible agissant sur eux, solitairement et dans la plus affolante oisiveté. Elle fait grandir ces édifices sur ses franges ou, si elle les accepte en son sein, elle s'arrange pour les reléguer dans la plus parfaite et insoupçonnable clandestinité. Je n'ai réalisé l'existence de l'hôpital des Enfants malades — auprès duquel j'avais habité dix ans — que le jour où j'ai dû en franchir la première fois le seuil.

Le quartier où se situe Curie était seulement pour moi celui des grandes écoles et des universités. Chaque fois, je me demande qui prête vraiment attention à l'immense et assez immonde bâtiment de l'Institut Gustave-Roussy au pied duquel passe à Villejuif, avec son flot de voitures en vacances, l'autoroute du soleil.

« Je n'ai pas toujours pratiqué la médecine, cette merde », écrit Céline. Le « malheur excrémentiel » (Denis Roche dans *Louve basse*) est la matière même du métier de soigner. Lorsqu'il a épuisé toutes les ressources de son art, le docteur a quelque chose d'un prêtre et puis d'un éboueur. Faute de pouvoir guérir, il absout et puis il aseptise, exerçant sur les disparus son devoir d'hygiéniste. Le scandale scatologique de la mort, avec les moyens du bord, il le résout à sa pauvre manière, prononçant sur le cadavre les paroles de purification rituelles et lui appliquant ensuite un traitement qui ne diffère pas tellement de celui que l'on réserve aux ordures.

Toutes les tâches impures, il faut bien que quelqu'un les exerce. Des bouchers et des bourreaux, des prêtres et des poètes, des infirmiers et des fossoyeurs, chaque communauté doit en compter en son sein pour évacuer la matière biologique excédentaire que produit l'espèce humaine et qui retourne enfin en terre. C'est un travail de paria. Celui qui touche au tabou devient tabou à son tour. Il suscite la même stupéfaction mêlée de répugnance et de respect. Le commerce de la mort le met à l'écart de tous les autres. Le médecin qui calcule la croissance du mal chez son patient et l'accompagne de fausses paroles de réconfort, l'infirmière qui ne peut se détourner de la souffrance très concrète à laquelle l'appelle l'agonisant sur son lit provoquent l'incrédulité de ceux qui, dans le monde normal, les fréquentent sans jamais les comprendre entièrement.

Personne — et d'abord les premiers intéressés eux-mêmes — ne sait jamais dire pourquoi on en vient à faire un métier de cette expérience affolante. Par névrose ? Sans doute. On appelle cela une vocation. Elle libère parfois tous les instincts mauvais, donnant cours au sadisme soignant quand celui-ci, par exemple, refuse la morphine indispensable et indifférente à celui qu'exténue la besogne du mal dans son corps. Quand il l'humilie gratuitement aussi. Elle touche également à la sainteté — si ce mot a un sens — chez l'homme ou la femme qui, librement, a choisi dans son

31

existence cette escorte de douleurs qui, certainement, ne le laisse jamais tout à fait en paix, la
femme ou l'homme qui, revenu chez lui, doit accepter l'insatiable compagnie des fantômes qui se
glissent dans le lit de sa vie et y rendent amer tout
plaisir.

Une grande mélancolie règne sur l'hôpital. Elle
est d'autant plus puissante qu'elle s'exerce dans les
services où l'échec médical est la règle, où le
cancer, le sida, toutes les affections incurables, les
formes les plus rédhibitoires de déséquilibre psychique, la vieillesse enfin ne laissent pas d'autre
perspective au malade qu'une mort plus ou moins
différée. Cette mélancolie gouverne les esprits qui
réagissent contre elle, en secouent l'inertie comme
ils peuvent, affichant tous les signes extérieurs
d'un optimisme d'autant plus pathétique que la
réalité la plus lourde le contredit de façon conti-
nuelle, cruelle et ironique. La plupart des médecins, des infirmiers, tout le personnel hospitalier
ont décidé une bonne fois pour toutes de prati-
quer une sorte de politique volontariste de la
bonne humeur qui deviendrait assez vite insupportable s'il n'était immédiatement évident qu'elle
ne sert qu'à masquer son contraire : une intermi-

nable tristesse qui confine souvent au désespoir, pousse tantôt à l'amour, tantôt à la haine du malade, et se solde par le lent abattement, le désinvestissement, le dégoût de tout, et parfois l'écroulement nerveux.

La mélancolie hospitalière, on peut l'attribuer à l'angoisse proprement métaphysique que suscite le spectacle de la souffrance. De ce spectacle, l'individu provisoirement épargné par le sort parvient à se détourner, remettant à plus tard le moment de la méditation, espérant même qu'une disparition inattendue et soudaine (la mort subite, la mort idéale) lui permettra d'en faire complètement l'économie. Mais le médecin, l'infirmier, est rivé par profession à la réalité dont les autres se tiennent autant que possible éloignés. Il lui faut recourir à toutes sortes de stratagèmes pour obtenir le soulagement d'une diversion mentale qu'il acquiert souvent grâce au secours d'une foi laïque ou religieuse mais également par la pratique spontanée de l'indifférence hargneuse, de l'abêtissement volontaire, du cynisme tranquille — le cynisme surtout qui, comme on le sait, devient souvent comme une seconde nature chez les médecins.

On nommait autrefois « vanité » l'objet ou l'œuvre d'art offert à la contemplation du croyant afin de le mortifier en lui rappelant le caractère mortel d'une condition humaine soumise au péché : le crâne posé sur la table de chevet, le cadavre peint, tous les symboles disposés du temps qui passe sur les vivants et les anéantit remplissaient cet office. L'hôpital est une « vanité » semblable, gigantesque, où chaque réalité humilie la raison et la vie en leur signifiant leurs limites et sans formuler la moindre promesse d'une possible rédemption. Chaque jour qui passe ainsi est un mercredi des Cendres perpétuel et sans lendemain.

Mais la mélancolie hospitalière, autant que d'une métaphysique intemporelle, dépend aussi des conditions très concrètes qui définissent l'exercice de la médecine moderne soumise aux idéaux d'efficacité, aux impératifs de rentabilité de l'idéologie présente. Cette dernière se caractérise par la promesse perpétuelle de satisfaction qu'elle adresse — sans jamais la tenir — aux individus et dont l'utopie est devenue le fondement fragile et illusoire du contrat social. Sa seule justification, la collectivité la tire aux yeux de ses membres des fa-

cilités qu'elle leur procure afin d'obtenir la gratification immédiate qui est censée donner sens à
l'existence — gratification prenant la forme de ri-
chesses, de produits, de biens et de services, c'est-à-
dire, comme on le sait, de signes. Les grandes
théories qui visaient il y a vingt ou trente ans ce
que l'on nommait alors la « société de consommation » ont perdu droit de cité dans la pensée
d'aujourd'hui. La raison en est que le principe
même sur lequel cette « société de consommation »
reposait a acquis désormais une inquestionnable
légitimité aux yeux de tous, et même de ceux qui
s'imaginent la combattre sous la forme nouvellement nommée de la « marchandisation » et de la
« mondialisation ».

Un impératif de satisfaction commande à
l'idéologie actuelle et détermine la manière dont
chaque individu calcule les exigences et les attentes qu'il adresse à la collectivité. L'économie et
la technique règlent notre présent car elles se donnent comme les deux mécanismes susceptibles de
répondre — par la production et la distribution
des biens — à la demande de gratification personnelle qui passe désormais pour le seul des défunts
« droits de l'homme » à devoir être encore défendu.
Une telle fiction idéologique — qui, comme il se
doit, consiste en la pure expression d'un certain

rapport de forces social — fonctionne avec une efficacité si formidable qu'il ne se trouve plus personne pour en contester la logique. Il n'en reste pas moins qu'elle ne recouvre qu'imparfaitement de son voile les contradictions qui travaillent et déchirent la réalité. Pour toutes sortes de raisons qui tiennent au caractère insatiable du désir, à sa nature mimétique, à l'aporie même du réel, la satisfaction universellement promise est un leurre. Tant que ce leurre subsiste, il maintient les individus dans un régime frénétique de servitude hypnotique. Quand il se dissout, la frustration et le désarroi que sa disparition engendre font verser les individus dans un état d'anéantissement psychique sous la forme de la docilité écervelée ou bien de la révolte exaspérée qui sont les deux faces du nihilisme contemporain.

L'hôpital est l'un des lieux où s'éprouve la contradiction irrésolue entre l'idéologie de la satisfaction garantie qui nous gouverne si visiblement et le démenti clandestin que lui oppose obstinément le réel. La logique sociale le soumet à l'impératif économique et technique en raison duquel il s'est organisé et qui lui enjoint de considérer même la matière humaine comme susceptible d'être travaillée en vue de soulager toute souffrance et de satisfaire tout désir. Le complexe narcissique, dont nous sommes chacun prisonniers, présente notre apparence, notre corps comme le principal des biens de consommation, le premier des signes sociaux où nous investissons notre désir. De la chirurgie esthétique à la cure oncologique, aucune solution de continuité n'existe. Toutes deux sont mises en demeure de répondre à une souffrance physique et psychique considérée comme inacceptable puisqu'elle met en échec la revendication d'un être parfait dont tout le discours contemporain nous répète qu'elle doit être légitimement satisfaite.

Mais elle ne peut pas l'être.

La parole publicitaire et politique travaille à prétendre le contraire. C'est son rôle. Et elle y parvient pour l'essentiel en oblitérant la réalité dont la part souffrante de l'humanité fait l'expérience quotidienne. Mais l'hôpital est l'espace irrésolu où s'affrontent deux logiques inconciliables : celle de l'idéologie et celle du réel. D'un côté, il doit collaborer au mensonge qui fait sa justification sociale et prétendre qu'il est, techniquement et éco-

nomiquement, capable d'offrir ce corps parfait —
éternellement jeune, beau et sain — qu'exige le
désir unanime et pour lequel il prétend à une rétribution nécessaire et méritée. Mais, de l'autre, il
ne peut complètement fermer les yeux sur la
criante vérité dont sa pratique même le transforme en témoin : que la mort et la vieillesse existent pour tous, que le handicap et la maladie font
continuellement tomber en morceaux ce fantasme
narcissique que ne peut pas même garantir la lame
la plus adroite du chirurgien esthétique, la parole
du psychothérapeute le plus doué.

Tous ceux qui travaillent la matière humaine
sont soumis à ces deux exigences contraires. Je
veux dire : les médecins, les infirmiers, les psychanalystes et les psychologues, les enseignants et les
travailleurs sociaux. Et s'ils n'acceptent pas de collaborer au mensonge social — ne soyons pas trop
compatissants avec eux : ils le font le plus souvent —, ils éprouvent chaque jour ce déchirement
qui les laisse inquiets et les plonge dans un désespoir irrésolu. Car il y a un malheur médical. Et
c'est avec lui — contre lui aussi — que s'exprime
la protestation même qui, malgré tout, conserve
encore vive en nous la revendication de rester humains.

De la mélancolie hospitalière (II)

Mon propos est seulement celui d'un témoin, quelqu'un qui a essayé de penser ce qu'il avait vu et vécu et dont la parole, certainement, ressasse simplement des choses que des milliers d'autres ont également vues et vécues et qui ont été si souvent dites et écrites qu'elles ne mériteraient pas de l'être une fois de plus si l'évidence ne forçait à constater qu'il ne se trouve jamais personne pour vouloir les entendre et les lire.

Les malades, on les nomme des « patients ». Ce terme vient du latin d'où dérive aussi le mot « passion » qui signifie « souffrance ». Mais il est difficile de ne pas l'entendre aussi dans le sens moderne qu'a pris cet adjectif. Car c'est d'abord d'une surhumaine « patience » que le malade doit faire preuve dès lors qu'il prend place dans l'univers parallèle de l'hôpital. Livré à la douleur, le malade se voit, du même geste, retiré du temps.

Les attentes, les délais, les retards, les changements de programme (l'ambulance qui ne vient pas, l'infirmière qu'on sonne en vain, la visite du matin qui semble lambiner dans le couloir ou la chambre du voisin, l'examen radiologique repoussé à une date ultérieure) l'exaspèrent jusqu'au moment où il se résout à la perception nouvelle de la durée que lui impose la routine hospitalière.

La maladie est ainsi une expérience du temps. Paradoxalement, celui-ci s'accélère (avec le rétrécissement redouté de l'espérance de vie) et se ralentit (car l'incertitude même portant sur ce qu'il en reste interdit de le mesurer, de le compter et l'immobilise enfin). Le défaut d'avenir arrache l'individu au monde social en lui interdisant toute possibilité de projet et le livre à une formidable oisiveté où éprouver le passage pur d'un temps vide. L'organisation rigoureuse et presque militaire des journées à l'hôpital, la discipline qui l'accompagne (se lever, se laver, se nourrir, se soumettre aux soins), les distractions organisées (les visites des proches, les divertissements proposés) visent à soustraire le malade à cette oisiveté mais ne changent rien au strict désœuvrement qu'est devenue sa vie et dans le creux duquel grandit la mélancolie.

Car le retrait du temps abandonne l'individu à la méditation, à la contemplation, activités que proscrit d'ordinaire la vie moderne qui valorise leurs contraires et auxquelles elle ne prépare pas. À l'hôpital, l'ennui a toutes les allures d'une passion à laquelle le malade tantôt résiste — essayant de ressusciter frénétiquement l'apparence d'un emploi du temps —, tantôt se laisse aller — découvrant parfois en lui l'immensité d'un continent mental dont il ne soupçonnait même pas l'existence. Le vertige d'une vacance ouvre ainsi dans le monde comme une parenthèse vide où va se loger l'inévitable considération de la mort qui vient. C'est le mot de Pascal, encore, évoquant cette chambre où, faute de divertissement, la conscience se trouve sidérée, détruite par la perspective du néant, et à quoi correspond idéalement la chambre du malade à l'hôpital.

Le patient est aussi celui qui subit. Il n'y a pas de sujet des soins. Car le principe même du traitement médical réifie celui qui s'y trouve soumis. Alors le malade découvre sa nouvelle condition d'objet. Sa seule contribution au protocole médical consiste dans l'assentiment de sa volonté à la condition nouvelle qui lui est faite.

La chirurgie, la chimiothérapie, la radiothérapie envisagent le corps comme une chose sur laquelle il convient d'agir et d'opérer en détruisant en elle la part mauvaise qu'elle abrite. De ce travail, dont la douleur l'informe cependant, le malade devient le pur témoin, indirectement averti par le médecin des progrès accomplis. Les résultats des analyses, avec leur théorie de statistiques, les clichés radiographiques, tout l'échantillonnage de l'imagerie médicale façonnent de lui une figure fantôme : reflet dématérialisé de soi qui finit par acquérir une plus grande réalité que la perception immédiate que l'individu a de lui-même puisque c'est ce seul reflet qui lui révèle la vérité dérobée de sa vie. Malade, je suis cette série de chiffres et de taux où se lisent les variations décisives de ma formule sanguine, cet ensemble de clichés spectraux qui dessine la cartographie invisible de mes organes, défaits par l'affection, parasités par la tumeur. Un dédoublement s'opère qui place sous mes yeux et en dehors de moi la représentation donnée pour vraie de ce que je suis. L'objectivation nécessaire du mal que produit le regard médical se paie ainsi, pour le patient, au prix d'une dépossession subjective de son être.

Le corps devient alors matière et machine. Il se transforme en une substance suspecte en laquelle le malade hésite à se reconnaître tout entier puisque, autant que cela est faisable, la lame, la drogue doivent venir discriminer en elle de manière à séparer le bon grain de l'ivraie, la part saine de la part pathologique. Le discours médical induit cette représentation schizophrénique de lui-même que se fait le malade et qui l'affole, faisant de son organisme une entité double en guerre avec elle-même. Et pour que le partage soit possible entre la bonne et la mauvaise moitié de lui-même, pour que la première puisse triompher de la seconde, le corps doit se soumettre à la technique et consentir à son avenir de machine, devenant la pièce d'une mécanique à laquelle il s'adapte, glissant dans l'ouverture de machine à laver du scanner, se laissant parcourir par le fer à repasser de l'IRM, se branchant à la perfusion par le truchement de cette prise de plastique qu'on lui greffe sur le thorax et qu'on appelle un cathéter. Ainsi, il devient comme une prothèse périphérique de la grande usine médicale mondiale à laquelle le relient les instruments de sa guérison supposée.

Le traitement ne se fait pas contre le malade, comme en vient parfois à le penser la paranoïa excusable du patient. Il s'accomplit pour lui et sa survie. Mais sa logique suppose que le malade donne son aval à l'entreprise de dépossession qu'il subit. Et la terrifiante passivité à laquelle il se résout, et dans laquelle il devine l'inertie définitive de la mort qui l'attend, l'enfonce plus profond dans la mélancolie.

La mélancolie du patient — autant que celle du médecin — est le tribut qu'il paie à la tenaille idéologique où le place son statut social de malade. Lui aussi il éprouve la contradiction même où l'inscrit sa condition nouvelle : en porte à faux soudain avec tous les principes qui faisaient sa vie et la mettaient en accord avec celle d'autrui.

Alors même qu'il est tôt ou tard la sanction d'exister, le mal passe pour une dérogation coupable à la norme, une déchéance illégitime. Il ravit l'individu au monde de l'utile et le précipite dans une marge absurde dont on exige de lui qu'il sorte au plus vite : soit en regagnant le monde des vivants, soit en le quittant pour de bon. La guérison ou la mort excusent équitablement — parce qu'elles l'effacent — l'exclusion transitoire que sa condition vaut au malade. Mais si celui-ci s'éternise dans cet intervalle, la réprobation sociale lui

44

est acquise. D'où le soupçon et la haine — pourquoi ne pas oser ce dernier mot ? — qui vont au handicap, à la longue maladie, à la souffrance chronique parce que ceux-ci pérennisent cette situation intermédiaire entre le monde des vivants et celui des morts et qu'ils rappellent le caractère précaire et poreux de la frontière qui les sépare.

Une violence s'exerce contre les patients, que la comédie de la compassion ne parvient jamais à masquer tout à fait. Parce que la maladie témoigne de l'insupportable résistance du réel à la falsification idéologique. Et que ce démenti heurte de plein fouet la conscience commune. On reconnaît ainsi un malade au besoin qu'il éprouve toujours de se faire pardonner. Et à son incapacité à y parvenir totalement. Face au monde extérieur, cela signifie : s'excuser de ne plus être utile à la collectivité à laquelle il appartient, de manquer à son travail ou bien à sa famille, de présenter aux autres une image indigne et embarrassante de lui-même. Au sein même de l'hôpital, cela veut dire : demander qu'on lui pardonne de ne pas être conforme à l'image du patient idéal que suppose le traitement, de souffrir malgré tout, de ne pas répondre aussi bien qu'il faudrait aux drogues qu'on lui administre, de ne pas mettre assez de bonne humeur et de bonne volonté dans sa participation à la vie collective de l'institution.

Le patient se sent toujours en faute. Et de fait, il l'est. Puisqu'il manifeste malgré lui la menace qui pèse sur chaque individu et qui introduit dans le système social — totalité supposée suffisante — l'agaçant grain de sable qui enraye toute la mécanique du monde.

On ne mesure pas assez l'ostracisme dont souffrent les malades. L'hôpital ancien, parce qu'il ne disposait pas des moyens de guérir, se contentait de fonctionner sur le modèle de la léproserie. On disait aussi un « lazaret ». Le mot vient de l'italien *lazaro* qui signifie « mendiant ». Mais il est difficile de ne pas entendre en lui le rappel de la fable que contiennent les Évangiles et qui raconte le plus mélancolique des miracles accomplis par le Christ : oui, une grotte creusée à flanc de montagne, ouverte dans le désert et où, enveloppé dans ses bandelettes déjà grises, exhalant sous la chaleur d'insupportables miasmes, se décompose un cadavre aimé dans l'attente d'une improbable résurrection. Symboliquement, l'hôpital moderne est un lazaret semblable où l'on place à l'écart de la cité tous ceux qui souffrent, les astreignant à une quarantaine qui vise à préserver les vivants de tout risque de contagion. Il est cette terrifiante « vallée des lépreux », figure pathétique de l'enfer, dont un naïf et magnifique péplum américain avait exprimé pour moi — j'étais tout enfant — l'horreur tendre et bouleversante.

Alors le malade s'isole. Il fait sienne parfois la réprobation qui le frappe, s'enferme dans une passivité qui décourage toute compassion, témoigne d'un désintérêt de tout, interdit qu'on l'approche. Et, par une telle conduite, il n'est que trop visible qu'il cherche inconsciemment à se rendre le plus antipathique possible de manière à expier au prix d'un terrifiant esseulement la faute dont il se sent coupable. Ou bien il se révolte contre le monde, assume suicidairement le rôle sacrificiel que l'on a également écrit à son intention, appelant sur lui la haine de tous pour retourner contre autrui — irrationnellement et au hasard — la violence qui lui est faite. Mais, dans un cas comme dans l'autre, le résultat est le même.

Le malade, une mesure de bannissement le frappe. Les visites s'espacent, la vie continue sans lui, elle se reforme indifférente et le vide qu'il a laissé dans le monde, elle le remplit avec une incroyable aisance. Celui qu'il était, dans son travail, parmi ses amis, dans son couple, un autre le remplace déjà. Et, s'il tarde trop à rentrer dans le rang, la venimeuse animosité des siens s'en prend à lui. Étranger à tout ce qui fut sa vie, il se retrouve en exil, chassé de sa maison, exproprié de partout, domicilié nulle part, proie étonnée d'une incommensurable mélancolie.

De la mélancolie hospitalière (III)

Mais il y a un envers aussi — que la vérité oblige à dire. Si l'hôpital est le lieu où s'exerce l'ostracisme sauvage que la société fait subir au malade, il constitue également le lieu qui l'en protège : un abri qui préserve de la violence commune en traçant le cercle accueillant d'un espace où prévalent d'autres règles et où la mélancolie médicale, qu'éprouvent inégalement soignants et patients, devient à tous hospitalière.

L'étymologie du mot dit la fonction très archaïque qu'exerçait autrefois l'institution et qu'elle conserve encore : l'hôpital est d'abord le lieu de l'hospitalité, celui où l'on accorde refuge à tous ceux que la maladie, la misère, la détresse ont privé des moyens de survivre seuls. Sa justification première n'est pas de soigner, moins encore de guérir, mais plus modestement de recueillir. Et l'un des problèmes très concrets auxquels se trouve confronté l'hôpital d'aujourd'hui tient bien à ceci que toutes les autres institutions se déchargent sur lui du soin de secourir — ou de surveiller — ceux dont elles ne veulent plus. Il y a là une logique. Au regard de l'optimisme idéologique régnant, toute misère est considérée comme pathologique. Il est donc normal qu'il revienne à la médecine de traiter toutes les formes du malheur — et même celles dont, en principe, elle ne devrait pas avoir à connaître. À l'hôpital, et tout particulièrement dans les services d'urgences ou de psychiatrie, échouent ainsi tous ceux que la norme exclut — qu'ils soient délinquants ou dépressifs — et à qui le fardeau de vivre est devenu insupportable, les uns parce qu'ils ont perdu leur emploi, leur maison, leur famille, les autres qui sont même incapables de dire la cause de leur état.

L'hôpital est ainsi un « asile », c'est-à-dire un sanctuaire où l'on vient se placer sous la protection d'une force bienveillante et tutélaire afin d'échapper au danger qui vous menace et de trouver au moins en son sein le soulagement d'un répit.

La longue année (très exactement les seize mois) que ma femme et moi avons passée auprès de notre fille dans le service d'oncologie pédiatrique de l'Institut Curie, dans le service orthopédique de Necker puis dans celui de chirurgie thoracique de la clinique de Choisy, ne me qualifie pas assez pour que je sois en mesure de tout connaître objectivement de l'univers hospitalier. Et, sûrement, le fait d'avoir fréquenté celui-ci aux côtés d'une enfant fausse mon jugement. Car la pédiatrie constitue au sein de l'hôpital une enclave évidente. La violence du sentiment d'injustice que suscite la maladie des enfants explique le redoublement de prévenances et d'égards dont ceux-ci sont le plus souvent l'objet de la part des médecins, des infirmiers, et dont ne bénéficient pas d'autres patients que le système traite avec plus de dureté et d'indifférence.

Les enfants, l'hôpital les considère avec une bienveillance a priori dont ils éprouvent en premier le soulagement qu'elle leur procure. À l'inquiétude intense que provoque l'annonce du diagnostic succède l'apaisement que ressent le malade à se confier aux soins d'autrui — sur lesquels il se repose d'abord. De nombreux médecins, des infirmières plus nombreuses encore ont eu à s'occuper de notre fille. Il y a eu notamment les docteurs

Zucker, Journeau et Grunenwald, à qui je rends dans ce livre leur nom puisque tant de temps a désormais passé que je ne vois pas pourquoi il me faudrait protéger encore leur anonymat et que cette histoire, s'ils s'en souviennent encore parfois, doit de toute manière leur paraître très lointaine et sans doute presque indifférente. Sauf exceptions (il y en a eu et de très violentes comme il y en a pour toute règle), aucune des personnes qui a eu entre ses mains le sort de notre fille ne m'a jamais paru ne pas avoir désiré sans réserve son salut et ne pas avoir tout mis en œuvre pour assurer celui-ci. Et même la lassitude et le découragement, l'angoisse et la panique qu'ils ont fini par éprouver devant l'issue fatale qui attendait Pauline, la façon dont parfois ils ont fui et démissionné, se dessaisissant de son cas, je sais bien qu'il faut les interpréter encore comme autant de signes très sincères du désarroi où les plongeait le sentiment irréparable de leur propre impuissance.

Je n'idéalise pas les médecins. J'ai vu très concrètement la limite différente au-delà de laquelle chacun se refusait à aller, et la dureté parfois ou la désinvolture avec laquelle il marquait cette limite. Mais je ne me rallie pas non plus au ressentiment qu'expriment souvent les patients lorsque ceux-ci cherchent à faire porter sur ceux qui ont échoué à les guérir la faute de ce qui leur arrive. L'idolâtrie et la diabolisation du docteur sont les deux faces jumelles d'une même croyance excessive dans les pouvoirs — pourtant très contingents — de la science : dès lors qu'il semble détenir le secret de guérir, le docteur apparaît comme un père tout-puissant à l'égard duquel le patient adopte une attitude infantile ; dès que ce secret lui échappe, le docteur déchoit aussitôt et doit supporter la haine sans objet qu'appelle le destin mais qui, faute de mieux, se fixe sur lui. Tout échec thérapeutique apparaît alors comme une erreur dont il faut bien que réponde le médecin, à défaut de Dieu.

On ne mesure pas bien ce que devait être l'hôpital d'autrefois, il y a seulement vingt ou trente ans : la pénurie de ressources et de moyens — inéquitablement et arbitrairement employés —, l'indifférence à la douleur — considérée comme le solde normal et la rétribution nécessaire de la maladie —, l'arrogance hiérarchique et la morgue mandarinale s'exerçant sur le petit personnel et sur le peuple des patients. Je ne dis pas que cela ait tout à fait disparu. J'en ai vu souvent des vestiges. Mais l'honnêteté m'oblige à dire que ce fut par exception. Le problème est aujourd'hui ailleurs. Il touche à autre chose : à la limite sur laquelle bute la capacité à guérir et à laquelle se heurte de front le système. Car guérir pour la médecine moderne n'est rien. Ou presque. C'est le reste qui est difficile.

Disons que l'hôpital constitue certainement la moins mauvaise réponse socialement possible à une question — techniquement et métaphysiquement — insoluble. Je veux dire : l'hôpital public, du moins là où il n'est pas nécessaire de verser un dessous-de-table au praticien pour gagner quelques places dans la file d'attente qui conduit au bloc opératoire. Je veux dire plus précisément encore : l'hôpital public, ou ceux de ses services les plus défendables, tel qu'il existe dans les sociétés développées d'Occident et tout particulièrement dans notre pays.

L'hôpital français, tel que je l'ai vu fonctionner dans les services d'oncologie pédiatrique : la stricte égalité de traitement entre les patients indépendamment de leur origine et de leurs revenus, la prise en charge absolue de tous les frais très lourds occasionnés par les examens et les soins, une certaine disponibilité à la détresse (disponibilité relative sans doute mais réelle) et le souci constant de soulager celle-ci dans toute la mesure du faisable, le désir d'aménager ce terrible environnement dans lequel enfants et parents se trouvent soudainement jetés pour lui donner l'apparence — même mensongère — d'un lieu vivable. Oui, en un mot, l'hospitalité offerte sans aucune réserve ni contrepartie à ceux sur qui s'exerçait la fatalité d'un sort qu'ils auraient été incapables de supporter seuls.

À l'époque où la maladie de notre fille a été diagnostiquée, Hélène, Pauline et moi vivions, dans des conditions financières et humaines assez précaires, tantôt en France et tantôt en Grande-Bretagne. Ceux qui parlent du miracle anglais parce qu'ils ne connaissent de Londres que la City ou South Kensington — où sont les ambassades et le lycée français —, ceux qui évaluent la grandeur d'un pays aux déductions fiscales qu'il consent, ceux qui n'ont pas eu à vivre dans des quartiers où tous les services publics sont naufragés, où le médecin local dont ils dépendent exerce dans un dispensaire digne du tiers monde et se satisfait de prescrire de la pénicilline et de l'aspirine à chaque consultation, ceux qui n'ont pas habité dans ces zones sinistrées où les ordures ne sont ramassées qu'une fois par semaine et où la vermine grouille dans les poubelles, ceux qui n'ont jamais eu à envisager de survivre sur les dérisoires allocations que verse le système britannique, tous ceux-là peuvent continuer à juger avec condescendance la Sécurité sociale française et le taux d'imposition à leurs yeux excessif qui lui est indispensable. Ils peuvent du moins continuer à le faire jusqu'à ce que l'éventuelle découverte d'une pathologie sérieuse les conduise à revenir en France pour s'y faire soigner.

Il m'est arrivé une fois dans ma vie de me sentir fier d'être français, et ce n'était certainement ni lors de la Coupe du monde de football en 1998 ni lors de l'élection présidentielle de 1981. C'était lorsque j'ai réalisé quelle protection assurait l'hôpital français aux patients atteints d'affections graves. Je me souviens de ma surprise lorsque j'ai constaté que nous n'avions strictement à nous soucier matériellement de rien, que nous étions totalement déchargés de cette préoccupation — certes mineure au regard de l'angoisse plus grande que nous éprouvions — dès lors que se trouvait reconnue la maladie de notre fille, et que l'administration hospitalière se substituait entièrement à nous pour régler la moindre des questions soulevées par le traitement. Je me souviens qu'il en allait de même pour tous, et même pour les familles qui venaient d'ailleurs. Je me souviens de tous ces enfants qui arrivaient à Curie venus d'Europe ou de pays plus lointains parce qu'ils savaient qu'ils trouveraient en France plutôt que dans leur propre pays les garanties du traitement le meilleur et le moins lourd. Je me souviens plus précisément de cette petite fille africaine débarquée de l'avion sur un brancard, arrivée en plein milieu de la nuit dans les couloirs de l'Institut Curie, défigurée par une tumeur énorme qui avait fait grandir pendant des semaines ou des mois la masse d'un cancer qui gonflait ignoblement sa joue droite et ouvrait sur son visage la plaie d'un sourire terrible. Je me souviens d'avoir aussitôt pensé qu'elle était perdue mais qu'il était juste — quel qu'en soit le coût absurde — qu'il y ait un lieu, quelque part dans le monde, où elle puisse trouver refuge, guérir ou bien mourir et que ce lieu se trouvait dans le cinquième arrondissement de Paris.

Du cancer en particulier

Il existe un livre, le plus juste exercice de pensée que le cancer ait inspiré à un écrivain, le plus salutaire aussi vers lequel puisse se tourner un individu lorsqu'il en devient la victime. Il s'intitule *La Maladie comme métaphore*.

J'admire le geste de Susan Sontag qui, dans les années 70, atteinte d'un cancer au pronostic assez réservé — selon l'euphémisme habituel —, entreprend de faire de sa maladie un objet d'investigation intellectuelle, décide de retourner contre le discours social la violence que celui-ci exerce sur elle et sur tous les autres malades en défaisant froidement la mythologie à l'aide de laquelle le tabou frappant la mort et dont je parlais plus haut s'impose dans la conscience collective pour y produire ses effets délétères.

Car il y a un mythe du cancer. Non pas au sens, bien sûr, où cette maladie serait une illusion, une chimère. Malheureusement, tous les faits prouvent le contraire : le cancer existe, il progresse, résiste aux traitements qu'on lui oppose, échappe aux efforts d'élucidation de la science. Il semble même qu'il renaisse aujourd'hui et que se développent désormais des formes virulentes contre lesquelles la thérapie se révèle encore plus impuissante qu'autrefois. Non, le mythe est d'une autre nature. Comme la peste ou la lèpre jadis, comme la tuberculose hier, comme le sida aujourd'hui, il sécrète dans l'imaginaire un ensemble de croyances infondées qui visent à rendre recevable et supportable sa réalité aux yeux d'une collectivité qui désire avant tout pouvoir se détourner du démenti cruel que cette réalité oppose à l'optimisme social.

Ce sont ces croyances qu'analyse Susan Sontag. Elle témoigne. Comme le fera plus tard Hervé Guibert pour cette autre maladie (le sida) à laquelle Sontag a cru qu'il était également de son devoir de consacrer un livre (*Le Sida et ses métaphores*) — bien qu'elle en fût épargnée. Mais là où le romancier du *Protocole compassionnel*, sur la scène médiatique et littéraire, assume jusqu'à la provocation le rôle sacrificiel que le destin (je veux dire le hasard de la contamination et non quelque inexistante prédestination) lui avait imparti, l'essayiste de *La Maladie comme métaphore* déconstruit et le rôle du malade et la tragédie de la maladie pour développer la froide et ferme parole d'une démonstration rationnellement attachée à décomposer son objet. Il va de soi que je ne donne raison ni à l'un ni à l'autre en vue de les opposer. Car il me semble précisément que les livres qu'ils ont laissés sont comme les deux faces possibles d'un discours unique et indispensable.

Personne ne sait d'où vient le cancer. Ses raisons sont multiples et obscures. Même celles de ses causes qui sont isolables et identifiables (liées à la génétique, à l'environnement par exemple), la naissance du mal les imbrique au sein d'une logique où les facteurs sont si nombreux qu'il devient illusoire d'en déterminer les parts respectives dans le déclenchement de la maladie. La statistique a son mot à dire. Mais ce mot ne concerne jamais le cas singulier qui, seul, importe au bout du compte. C'est pourquoi l'infime dérèglement cellulaire qui se produit chez l'un mais pas chez l'autre des individus soumis aux mêmes conditions de vie reste sans explication. Il y a là une énigme à laquelle ne se résout pas la croyance commune qui va essayer de substituer à l'affolante logique de l'absurde le système d'une interprétation erronée mais signifiante.

Tel que l'étudie Susan Sontag, le mythe du cancer repose sur une croyance fausse qui pose que la maladie est l'effet, chez le patient, d'un défaut du désir de vivre, « une forme d'autopunition, de trahison du soi ». Sontag cite Reich pour qui le cancer est « une maladie faisant suite à la résignation émotionnelle, un rétrécissement bio-énergétique, un abandon de l'espoir ». Elle cite Groddeck qui affirme que « ne meurt que celui qui veut mourir, celui à qui la vie est devenue insupportable ». Et, avec une ironie toute voltairienne, elle note que « l'idée selon laquelle certaines natures sont plus disposées que d'autres à avoir un cancer, loin de relever de quelque superstition populaire, passe pour de l'avant-garde en médecine ».

Que le cancer soit ainsi une maladie psychosomatique est une idée très largement répandue et dont le plus grand nombre ne doute pas qu'elle ait été vérifiée statistiquement. Pourtant, il n'en est rien. Cette thèse a été systématiquement réfutée. Ou, du moins, elle n'a jamais pu être sérieusement établie. Ce qui, en principe, devrait revenir au même — sauf à quitter le domaine de la démonstration scientifique pour celui de l'extrapolation métaphysique. Lucien Israël, qui fut le médecin de Susan Sontag et à qui elle a dédié son essai, l'écrit sans aucune ambiguïté dans le petit livre qu'il a consacré à la maladie et qu'il a nourri de son expérience et de son savoir sans beaucoup d'équivalents dans le domaine de la cancérologie. L'idée que le patient déclenche inconsciemment le développement de son cancer est unanimement rejetée comme une hypothèse sans fondement avéré par la médecine. Et la pratique hospitalière vérifie que la guérison des malades est totalement indépendante de leur envie de vivre : certains individus, passionnément attachés à l'existence, sont emportés en quelques mois par des tumeurs au développement foudroyant et, inversement, on ne compte pas le nombre de centenaires dépressifs et suicidaires dont le désir de disparaître tarde à se traduire dans leur organisme. Il est donc inexact de laisser entendre que le cancer serait la sanction pathologique d'un désir de mourir qui s'exprimerait par le dérèglement cellulaire. L'objectivité oblige à dire que le cancer apparaît comme une affection concernant le corps mais sur laquelle l'âme, l'esprit ou la psychologie personnelle — quel que soit le nom qu'on préfère lui donner — ne sont susceptibles d'exercer aucun effet ni dans un sens ni dans l'autre.

Pourtant, rien n'y fait. Le mythe règne. Et sans doute plus encore aujourd'hui qu'à l'époque où Susan Sontag écrivait. Il informe toutes les représentations du cancer dans la pensée courante. Je ne suis pas certain qu'à leur insu il n'influe pas parfois sur le travail des chercheurs et sur la pratique des docteurs. La maladie est une métaphore : la pathologie concrète et multiforme qu'on désigne sous le nom de cancer sert à désigner autre chose qu'elle-même, une figure radicale du mal à laquelle la société associe tous les fantasmes de ses effrois. Mais la métaphore est également une maladie qui prolifère parmi les mots et charge ceux-ci de significations parasites qui en font les véhicules et les auxiliaires d'une conception du cancer néfaste aux malades. Chaque fois que l'on qualifie de « cancer » une réalité collective menaçante comme le chômage, la délinquance, l'alcoolisme (laissant entendre que le « vrai » cancer lui-même constitue un péril du même ordre tourné contre le corps social), chaque fois que l'on désigne les patients comme des « cancéreux » (comme s'ils composaient une espèce ou une race à part et que l'accident de leur maladie se confondait avec l'essence même de leur être), chaque fois qu'on les encourage à « lutter » contre leur mal (comme si celui-ci était un combat livré avec soi-même et dont l'issue

64

dépendait des ressources d'énergie, de courage, de pugnacité déployées par le patient), on contribue à propager une vision superstitieuse et idéologique de la maladie qui en renforce le mythe. Et si l'éventuel progrès thérapeutique dépend exclusivement des moyens financiers, scientifiques et techniques mis en œuvre par la collectivité, le traitement social de la maladie, la considération humaine des effets dévastateurs qu'elle produit sur les individus, dépend également de l'effort de démystification vigilante que la raison peut lui opposer.

La *doxa*, l'opinion, veut ainsi que le cancer réponde à une carence coupable de l'énergie de vivre. Et il va de soi qu'on trouve de prétendus savants pour lui fournir la caution de fausses théories monnayées au mieux sur le marché de la crédulité sociale.

Si une telle vision domine, c'est parce qu'elle vient combler le vide, suturer la plaie qu'ouvre dans la réalité le spectacle insensé d'une maladie qui frappe aveuglément sans se soucier de savoir qui est digne de vivre et qui mérite de mourir. Une justice se trouve ainsi fantasmatiquement rétablie qui rend à chacun son dû. Mais une telle entreprise n'est possible qu'au prix d'une opération qui s'effectue sur le dos de ceux qui souffrent, et qui souffrent deux fois, portant le fardeau de leur maladie et celui de devoir s'accepter responsables — au fond : coupables — de celle-ci. Car, comme l'écrit Sontag, « les théories psychologiques de la maladie constituent un moyen puissant de rejeter la faute sur le malade » : « Lui expliquer qu'il est, sans le savoir, la cause de sa maladie, c'est aussi ancrer en lui l'idée qu'il l'a méritée. »

Non, le fond de l'affaire est bien plus simple. Et bien plus terrible aussi. La maladie, écrit encore Sontag, n'est « ni une malédiction, ni une punition, ni une honte ». Elle est une « entité dépourvue de sens ». Mais qui supporterait vraiment qu'une telle absence de signification gouverne ainsi arbitrairement sa vie ?

Les malades eux-mêmes, tout comme ils intériorisent la réprobation sociale dont ils sont l'objet, finissent parfois par se rallier aux théories infondées que propage la superstition qui les ostracise. Plutôt que de devoir affronter l'insignifiance de leur sort, ils lui préfèrent même une explication qui se fasse contre eux et à leurs dépens, pensant qu'après tout, s'ils sont malades, c'est peut-être bien qu'ils l'ont voulu. Alors ils s'engagent dans un exercice sans issue d'introspection et de mortification qui les met en quête de la secrète raison de souffrir et de mourir que doit receler, quelque part, leur passé et qu'à force de chercher ils arrivent à découvrir ou bien à inventer. Et sans doute, cette manière qu'ont souvent les malades de se raconter leur vie afin de s'expliquer leur maladie leur permet-elle aussi d'en reconquérir symboliquement la maîtrise, de se la réapproprier pour la transformer en un roman dont ils peuvent avoir l'impression de magiquement contrôler le cours.

Il y a un livre que citent la plupart des ouvrages de vulgarisation médicale ou scientifique consacrés au cancer. Il s'agit du *Mars* de Fritz Zorn dans lequel l'auteur relate comment sa haine de lui-même — produit d'une névrose familiale et nationale — l'a conduit à développer un cancer fatal. Pour Zorn, comme pour beaucoup de patients, la maladie n'est pas absurde. Elle parle. Mais elle le fait contre eux. Car c'est pour dire exclusivement le désir de mourir du malade, sa fascination pour une sorte de martyre masochiste par lequel l'individu s'affirme et se détruit à la fois. Et que la maladie répond à l'appel du malade qui, inconsciemment, réclame lui-même la douleur qui l'afflige. Ce qui signifie donc que tous ceux qui souffrent, au fond d'eux-mêmes, l'ont bien voulu et, disons-le, bien cherché. Avec de tels pseudo-raisonnements, la bonne conscience sociale liquide et évacue l'aporie scandaleuse de la douleur. Et, pour ma part, je serais tenté de dire que le quasi-consensus suscité par l'ouvrage de Zorn tient moins à l'admiration de ses lecteurs pour le texte et l'expérience qu'il relate qu'à l'adhésion à la thèse assez ignominieuse qu'il exprime, et contre laquelle la pensée de Susan Sontag devrait, si cela était possible, agir comme un salutaire antidote.

Des enfants

Il y a les enfants. Leur cas est à part. C'est pourquoi l'on tend à considérer qu'ils constituent une exception — qui, bien sûr, confirme à l'envers la règle qui s'applique à tous les autres.

Je n'ai pas besoin de décrire le sentiment de formidable injustice qui a accompagné l'annonce du diagnostic lorsque nous avons su notre fille malade. Si le cancer apparaît comme un scandale supplémentaire lorsqu'il touche les enfants, les raisons en sont assez évidentes. Elles tiennent à l'extrême rareté statistique d'une maladie dont les cas, en pédiatrie, se comptent au nombre de quelques milliers seulement chaque année. Elles tiennent aussi au caractère contre nature de la menace de mort extraordinairement prématurée qu'elle fait peser sur une existence qui vient tout juste de commencer et à laquelle davantage de temps devrait équitablement être dû. Mais la cause essentielle est ailleurs. Au fond, l'argument qui revient toujours, sous les différentes formes qu'il emprunte, s'énonce ainsi : s'il est injuste que les enfants meurent du cancer, c'est qu'ils sont innocents. Et l'on conçoit bien qu'une telle proposition revient du même coup à déclarer tous les autres patients coupables.

En ce sens, les militants de la lutte contre le sida n'ont pas tout à fait tort de se plaindre de la concurrence déloyale que leur fait l'oncologie pédiatrique sur le grand marché féroce et compétitif de la charité lucrative. Ils savent bien que, à la Bourse de la souffrance, un homosexuel ou un toxicomane ne vaudra jamais ce que vaut un petit garçon ou une petite fille atteint d'une leucémie, d'un sarcome (aussi bien de la myopathie ou de toute maladie significativement dite « orpheline ») et qu'en conséquence il est susceptible de rapporter bien moins. Cette différence de cotes à la Bourse de l'émotion est la traduction d'un préjugé abject quand on y réfléchit. Car exalter l'innocence de l'enfant a pour effet mécanique de stigmatiser implicitement l'adulte en le tenant pour responsable de sa maladie — et cela est d'autant plus tentant que le mode de transmission de la maladie la lie à des pratiques réprouvées comme transgressives.

Je ne crois pas que les hommes soient tous coupables, en tout cas pas de cette culpabilité qui appelle sur eux l'expiation métaphysique indifférenciée d'une souffrance nécessairement légitime. Je ne pense pas que les enfants soient tous innocents, et certainement pas de cette innocence a priori et absolue où s'abolirait leur identité singulière. Et je ne comprends pas que les tenants d'une interprétation psychologique du cancer ne leur appliquent pas également leur semblant de théorie. La raison en est qu'ils n'osent pas le faire tant il paraîtrait sacrilège de suggérer que l'enfance n'est pas toujours synonyme de désir et de joie de vivre. Pourtant, la tristesse, la mélancolie, l'angoisse, la dépression avérée, la fatigue de vivre existent aussi chez les très jeunes enfants — même si on préfère souvent les ignorer — et, les mêmes causes produisant les mêmes effets, elles devraient être également considérées comme la source secrète de leur maladie.

Il y a un pathétique propre à l'enfance. Chacun l'éprouve. La souffrance d'autrui suscite naturellement la sidération et la sympathie. Mais quand il s'agit de celle d'un enfant, l'émotion qu'elle fait naître atteint facilement une intensité extrême.

L'origine de ce pathétique spécifique, il est difficile d'en préciser la nature. Certains considèrent que le privilège accordé à l'enfance n'a rien d'universel, qu'il est l'expression de la place particulière que celle-ci a fini par occuper dans notre civilisation. Et en cela, ils ont raison. Mais, dans leur esprit, cela signifie aussi que la sympathie suscitée par l'enfant malade n'est rien de plus qu'un préjugé contingent et variable, préjugé qu'une frontière géographique ou chronologique borne et au-delà de laquelle il ne conserve pas plus de valeur qu'une tradition locale et assez folklorique.

Je me rappelle un écrivain rencontré il y a quelques années. Il voulait à toute force me faire remarquer que la mort d'un enfant était un événement auquel autrefois on n'aurait jamais consacré un livre parce que l'on n'y attachait aucun prix, que l'abandon et la mise en nourrice étaient pratique courante, que l'enfant n'était pas alors considéré comme une personne à part entière, que l'attachement sentimental à sa progéniture aurait passé pour une faiblesse ou une folie, et que — c'est l'exemple que l'on cite toujours et celui sur lequel ironise Céline dans son *Voyage* — Montaigne lui-même, dans ses *Essais*, confie ne plus se rappeler combien il a eu de fils et de filles tant ils ont été nombreux à mourir à la naissance ou en bas âge.

En somme, cet écrivain voulait me prouver que j'avais tort : tort de fatiguer les lecteurs avec une histoire à laquelle on n'aurait pas accordé un seul moment d'attention autrefois, tort de faire toute une affaire de ce qui n'était somme toute qu'un minuscule détail à l'échelle du grand mouvement du temps qui efface et annule tous les vivants. Je n'ai rien à redire à un tel argument d'autorité. Sinon que l'Histoire prouve tout et son contraire. Il y a eu des contemporains de Montaigne qui estimaient que la mort de leur fils ou de leur fille constituait un événement suffisant pour dévaster leur existence. Que la perte d'un enfant ait parfois été vécue comme un désastre, dans la Grèce antique (c'est le sujet de tant de tragédies antiques) ou dans le Japon d'Heian (comme le montre le *Tosa Nikki*), que ce soit la même plainte très exacte qu'exprimaient Rachel et Niobé, il suffirait d'un peu de patience et d'érudition pour le démontrer. Mais à quoi bon ? Puisque la subjectivité est la vérité — à laquelle il n'y a rien à redire.

Au début des années 60, Jean-Paul Sartre a déclaré à une journaliste qu'il considérait qu'aucun de ses romans ne faisait le poids devant la mort d'un seul des enfants affamés d'Afrique. Cette phrase a beaucoup fait sourire certains des jeunes écrivains d'alors qui ont eu beau jeu de répondre que la littérature, justement, et elle seule, permettait de donner une valeur à la vie — fût-elle celle d'un enfant — et d'en apprécier le prix. Il est vrai que beaucoup de poètes se réjouissent de voir brûler Rome pourvu que le spectacle leur fournisse la rime qu'ils cherchent à leurs vers. Ils iraient même jusqu'à allumer le brasier s'ils en avaient le courage. Que sauveraient-ils de l'incendie qui flambe autour d'eux ? Avec esprit, Cocteau déclare que de sa maison en flammes, il emmènerait le feu avec lui. Entre un Rembrandt et un chat, Giacometti prendrait le chat sous son bras. C'est Sartre et lui qui ont raison : l'art n'est rien s'il ne s'avoue inférieur à la moindre des choses vivantes auxquelles d'autres le préfèrent.

Pour ma part, entre l'enfant et le livre, si le choix m'avait été laissé, j'aurais voulu pouvoir garder l'enfant.

L'émotion que suscite un enfant souffrant vient de sa vulnérabilité qui le transforme en une victime exemplaire. Mais pourquoi cette vulnérabi-

74

lité nous touche-t-elle avec autant de force comme si, chacun, elle nous concernait directement ?

Il y a la pitié, celle dont Rousseau parle si magnifiquement, cette « vertu d'autant plus universelle et d'autant plus utile à l'homme qu'elle précède en lui l'usage de toute réflexion et si naturelle que les bêtes en donnent quelquefois des signes sensibles ». Oui, la pitié — si désuet que nous paraisse ce mot : elle est ce « sentiment naturel, qui, modérant dans chaque individu l'activité de l'amour de soi-même, concourt à la conservation mutuelle de toute l'espèce ».

L'enfant est par excellence l'objet de cette pitié. Peut-être parce que chacun se reconnaît en lui. Un enfant semble toujours valoir pour tous les autres. Une certaine compassion intervient aussitôt qui fait qu'on s'identifie soi-même à l'enfant malade — ou bien qu'on l'identifie à son propre enfant, celui bien réel que l'on a eu ou celui, possible, que l'on aurait pu avoir. Et cela revient encore au même. Il n'est pas impossible que l'on s'apitoie ainsi sur soi, retrouvant en l'expérience de cet enfant le rappel de sa propre petitesse de créature prématurément jetée, orpheline et nue, dans un monde hostile. Que la détresse dont l'enfant mourant offre le spectacle nous renvoie à l'archaïque déréliction d'être né, déréliction dont chaque individu conserve en lui le souvenir traumatique et qu'il lui a fallu surmonter pour grandir mais dont il sait bien à quel point elle a laissé en lui une plaie fragile que tout chagrin ne demande qu'à faire de nouveau s'ouvrir, cela est tout à fait pensable. C'est partout le même petit garçon, la même petite fille qui crie dans la nuit, qui appelle au secours. Et, au fond, dans ce vieux fond d'où nous reviennent tous nos cauchemars d'adultes, nous sommes toujours lui ou bien elle.

Ou alors c'est l'instinct qui joue : celui qui nous fait tous dépositaires du devenir de l'espèce et qui nous amène à considérer que tous les enfants sont les nôtres, qu'un devenir immémorial nous dicte le devoir d'en prendre soin, de veiller sur eux de manière à s'assurer qu'un lendemain existera après nous pour nos pareils. Les animaux éprouvent aussi le déchirement de perdre leur progéniture. On ne soupçonne pas grand-chose de la mélancolie qu'ils éprouvent, du désespoir sans mots qui alors les prend. Il y a des grands singes que rend neurasthéniques la mort de leurs petits, qui vont perdre leur détresse dans la profondeur des forêts, qui traînent toujours ce désarroi dont ils ne savent rien dire mais dont on peut supposer qu'il les détruit enfin. Il y a des éléphants aussi qui portent longtemps le deuil de leurs semblables et qui, chaque année, lorsque le cours des migrations saisonnières les rappelle sur la terre où l'un des leurs est tombé, se livrent sur le sol à d'étranges rituels dont personne ne sait dire le chagrin qu'ils expriment. Je n'ai pas d'objection à ce qu'on leur compare ceux des pères et des mères qui ont vu mourir l'un de leurs enfants. Dans de telles circonstances, la compagnie des bêtes sauvages m'a paru parfois plus digne que celle des humains. Je veux bien qu'on me trouve une place dans la ménagerie.

Je me rappelle souvent le service d'oncologie pédiatrique de l'Institut Curie — où je n'ai jamais eu le désir de retourner après la mort de notre fille comme d'autres, paraît-il, le font. Je comprends en tout cas la difficulté qu'ils éprouvent à s'arracher à ce lieu. Ils ont le sentiment d'y avoir trouvé, tout le temps du traitement, un refuge où s'abriter auprès de leur enfant. Et, maintenant que celui-ci est perdu, ils voudraient pouvoir continuer à bénéficier seuls et à sa place de l'hospitalité dont leur détresse a besoin. Ils ont le sentiment de n'avoir plus nulle part où aller, d'être chassés de chez eux et c'est pourquoi, s'ils l'osaient, ils demanderaient l'autorisation de s'installer discrètement dans le coin d'un couloir. Il y a ainsi beaucoup de fantômes qui hantent les hôpitaux.

En rêve, je me suis souvent vu revenant à Curie où, tout en la sachant morte, j'étais convaincu que Pauline m'attendait pourtant et que depuis des années elle s'étonnait de notre absence, qu'elle continuait mystérieusement à grandir là-bas : il fallait tout de suite que je me rende à l'Institut, que je la retrouve dans sa chambre, que je reprenne ma vraie place auprès d'elle. Hélène m'a raconté qu'elle avait toujours le même rêve. Je crois qu'ils l'ont tous. La nuit, nous étions deux fantômes errant parmi tous les autres. Il m'arrive de passer parfois tout près de Curie parce que j'y suis obligé pour des raisons professionnelles. Je me demande même si la raison pour laquelle j'accepte toutes les invitations qui me viennent de l'École normale supérieure pour des colloques ou des conférences ne tient pas à l'excuse que ces invitations me procurent pour retourner du côté de la rue d'Ulm. Chaque fois, je dois réprimer le mouvement spontané de mes pas afin de ne pas céder au vieil automatisme qui m'appelle là où se trouve encore, de l'autre côté de la rue, sur le trottoir d'en face, le vrai lieu de ma vraie vie.

De l'autre côté de la rue ? Un service pédiatrique ressemble à une grande et étrange école maternelle. Le désœuvrement propre à l'existence hospitalière, on l'occupe d'autant plus facilement de distractions et de jeux que ces activités sont propres à l'enfance et qu'elles la divertissent de son inquiétude. On joue donc. C'est-à-dire aussi que l'on simule. On fait comme si. Les uns jouent au docteur et à l'infirmière, les autres au papa et à la maman — mais d'une façon innocente car l'exaspération érotique qui répond à l'angoisse et soulage bizarrement celle-ci, ils ont la décence de la déchaîner en dehors du service. Et puis les plus nombreux, les enfants, jouent au malade. « On aurait dit » (le « *let's pretend* » d'Alice) est la grande et universelle formule magique qui permet d'être à la fois soi-même et un autre, d'affronter la réalité tout en lui donnant l'apparence exacte d'une fantaisie sur laquelle on aurait malgré tout un peu prise : « on aurait dit qu'on serait malade, qu'on serait mort ». Jouer le jeu, c'est certainement une manière de se convaincre qu'il n'est justement qu'un jeu et qu'à tout moment il est possible de dire « pouce ».

De l'école qu'ils ont quittée à l'hôpital où ils sont entrés, les enfants doivent avoir souvent l'impression que rien n'a complètement changé, qu'ils sont simplement passés dans une autre classe, un peu plus exigeante, avec de nouveaux camarades et de nouveaux maîtres, où on les soumet à d'autres exercices pour les amuser et les instruire. Et ils ont à cœur de réussir, de donner satisfaction à ceux qui les entourent, de montrer qu'ils sont d'assez bons élèves pour réussir leurs « examens ». Ou alors ils se résignent à leur rôle de cancres, en rajoutent dans l'indiscipline afin de montrer qu'ils existent, ne quittent plus leur lit comme d'autres s'installent ostensiblement au fond de la classe, auprès du radiateur. Tout est conçu d'ailleurs pour entretenir l'illusion. L'hôpital finit par ressembler à une grande salle de jeux où viennent en visite des institutrices, des clowns, des conteurs, des musiciens, de manière à donner à chaque journée l'apparence d'un grand carnaval exagérément enjoué et dont la tristesse profonde est à tirer des larmes. Car ce qu'on enseigne à l'hôpital, même si c'est sous la forme d'un jeu, est la souffrance et la mort. Et les enfants le savent bien. S'ils font semblant de ne pas le comprendre, c'est afin d'épargner ceux qui les aiment en simulant pour eux l'insouciance et l'optimisme.

L'hôpital infantilise. Il fait retomber les adultes en enfance en les rendant à une dépendance qui rappelle celle de leurs premières années. Mais comment infantiliser les enfants eux-mêmes ? Cela n'est pas possible. Une gravité grandit en eux qui leur donne une maturité irréelle, la lucidité d'un savoir soudain sur la vie, une science subite de tout qui désarme l'intelligence et bouleverse la sensibilité. Il y a cette phrase très mystérieuse de Faulkner dans *Sanctuaire* qui dit que nous sommes tous des enfants, sauf les enfants eux-mêmes. Tels étaient, je m'en souviens, les enfants de Curie.

On dit : les enfants sont plus courageux, plus purs, meilleurs que ne le sont les adultes. Et la souffrance fait grandir en eux la part la plus admirable de la condition humaine. Un enfant malade peut aisément passer pour un saint. Un enfant mort peut sans mal être pris pour un dieu. Et cela est justice tant l'adoration que leur vouent les vivants est une faible rétribution pour la douleur et la panique sans nom qu'ils ont connues. Mais, dans la tombe, l'amour absolu que le monde leur porte fait à ces enfants ce qu'on appelle trivialement « une belle jambe ».

Je ne dis pas que tout cela soit faux. Cependant, je ne suis pas complètement convaincu du contraire. Le procès perpétuel de canonisation fait aux enfants souffrants est devenu une industrie si important et si lucrative qu'il faudrait être assez suicidaire pour la mettre en cause et contester la « bonne conscience » qu'avec elle la société se donne. Je m'en voudrais de désespérer Curie et Villejuif, de démobiliser les donateurs de la Ligue et ceux de l'Arc. Pourtant, il me semble que considérer l'enfant malade comme un saint revient à le nier deux fois : une première fois comme individu en posant une fois pour toutes que tous les enfants sont idéalement et sublimement semblables ; une seconde fois comme individu malade en affirmant que la souffrance qu'il subit est au fond un bien — déguisé sous l'apparence d'un mal — qui lui donne l'occasion salutaire — la chance au fond — d'accéder à un niveau supérieur d'existence. La sanctification de l'enfant malade est sanctification de l'enfance et sanctification de la maladie. Mais elle se paie au prix d'un déni. Car cette opération — pour être possible — ignore très sciemment le cas tout à fait concret de l'individu — tel petit garçon, telle petite fille, tous différents, avec son histoire, ses qualités propres, ses défauts peut-être — qui lui sert de prétexte.

Il y a un mythe de l'enfance. Comme il y a un mythe de la maladie. Et l'enfant victime du cancer occupe une situation imaginaire à l'intersection très précise de ces deux grands discours, en un lieu où la réalité qu'il manifeste insupportablement en fait apparaître l'intenable contradiction. Car il incarne exemplairement la réfutation du grand optimisme qui, quoi qu'on dise, fait le fond même de notre idéologie et prospère de la proscription systématique de la vérité tragique.

Je ne crois pas — je l'ai écrit plus haut — que l'attachement à l'enfant soit quelque chose de contingent, même si les formes sous lesquelles il s'exprime varient selon les époques et les cultures. Le relativisme absolu — du haut duquel certaines philosophies considèrent l'existence et qui pose que toutes les valeurs que l'on attache à la vie sont des conventions socialement déterminées — constitue un sophisme contre lequel toute évidence subjective témoigne et il confine au nihilisme satisfait quand ce n'est pas au cynisme pur et simple. Il y a quelque chose d'universel dans la condition humaine qui tient à ce que celle-ci est partout et toujours, par le désir et par le deuil, confrontation avec l'impossible réel. Et la mort de l'enfant est l'une des figures de cet impossible.

Un grand mouvement positif contribue cependant à la valeur toute particulière que notre propre civilisation reconnaît à l'enfant. D'un côté, la maîtrise de la fécondité fait que la naissance n'est plus vécue comme une fatalité biologique mais qu'elle dépend le plus souvent d'une décision librement prise. De l'autre, la chute de la mortalité infantile rend statistiquement improbable — et donc d'autant plus insupportable — la perte d'un fils ou d'une fille. On sait tout cela mais il me semble que l'on n'en dit jamais la signification vraie et les effets prévisibles. La disparition de tous les aléas qui entouraient sa conception et sa disparition transforment l'enfant en l'objet possible d'un projet maîtrisable. Tout ce qui vient frustrer ce calcul en refusant à l'enfant l'existence ou bien en la lui ôtant suscite dans ces conditions des manifestations de détresse extrême chez les individus. Chacun estime qu'un enfant lui est dû. D'où la tentation de le faire exister malgré tout s'il se refuse à naître (par l'acharnement procréatif, le recours au marché de l'adoption) ou bien s'il lui arrive de disparaître (il est évident que si la technique du clonage humain est un jour mise au point, le rappel à la vie des enfants morts servira de premier argument imparable à partir duquel légitimer et banaliser tout le reste).

Derrière le grand rideau de fumée de l'effusion sentimentale monte, d'un peu partout dans la société, une grande revendication : non pas le droit de l'enfant — comme on voudrait nous le faire croire —, mais bien le droit à l'enfant qui en est exactement le contraire puisqu'il transforme l'enfant en objet du désir de l'adulte, pose que ce désir est légitime et qu'en conséquence il doit être juridiquement et techniquement satisfait à tout prix. Sans doute est-il humain de vouloir « mettre ses jetons dans ses rejetons », selon la plaisante formule de Philippe Sollers dans *Lois* — dont *Femmes* et *Paradis* contiennent par ailleurs quelques-unes des analyses romanesques les plus précoces et les plus profondes de la grande religion procréative dont nous sommes désormais les contemporains. Mais une telle logique, dès lors qu'elle se trouve portée par les possibilités de la technique et encouragée par les égarements du droit, transforme inéluctablement l'enfant en un produit d'investissement ou en un bien de consommation, lui faisant perdre du même coup son statut de sujet — nécessairement menacé en raison de sa vulnérabilité native.

Le discours social dit : tout le monde a droit à un enfant. Étant entendu que l'enfant apparaît, pour l'adulte, comme susceptible de lui fournir une jouissance, une gratification, narcissique, affective et sociale, à laquelle l'individu ne voit aucune raison de renoncer dans une civilisation qui pose désormais que tout désir doit être satisfait. Mais le deuil de ce désir — ou du moins la reconnaissance des limites qui doivent lui être assignées — peut seul préserver l'enfant du devenir qui aujourd'hui le menace et fait indifféremment de lui un objet de plaisir et de transaction, un produit manufacturable, échangeable et enfin consommable par la grande machinerie carnassière du monde.

L'émotion intense que suscitent les enfants malades est l'effet de la grande pitié dont Rousseau a dit la dignité et la valeur universelles. Mais elle dépend aussi de l'affolement qu'ils provoquent en perturbant la croyance commune qui les considère comme le placement affectif par excellence. Le plus sûr aussi. Or le retour sur investissement n'est pas toujours garanti.

Je crois avoir réfléchi au désespoir qui nous a pris, Hélène et moi, après la mort de Pauline — et dont je suis certain que beaucoup d'autres parents endeuillés l'éprouvent semblablement. Il ne tenait pas au fait que nous avions perdu « un » enfant — que nous aurions pu remplacer par un autre dans lequel nous aurions de nouveau identiquement investi. Ni même au fait que nous avions perdu « notre » enfant — auquel nous aurait uni un lien biologique, « chair de notre chair », selon l'expression ridicule et consacrée. Non, nous pleurions « cette » enfant qu'elle était, cette personne unique et à laquelle aucune autre — même née de nous, grandissant avec nous — n'aurait pu se substituer, individu destiné à passer simplement auprès de nous et qui subitement nous manquait terriblement, nous laissant seulement d'elle cette absence d'elle que rien d'autre qu'elle ne viendrait jamais combler.

La mort interdite

Je ne raconterai pas une nouvelle fois la mort de ma fille.

Je l'ai fait d'abord dans *L'enfant éternel*. Mais le tour lyrique que j'avais donné à mon récit m'a convaincu de tout reprendre une seconde fois. J'y avais mis trop de poésie. Dans *Toute la nuit*, je me suis donc essayé à tout dire de la façon la plus directe qui soit. J'ai ainsi relaté les heures que nous avions passées auprès d'elle dans le service de réanimation de la clinique de Choisy, notre désarroi, le sentiment soudain de l'anéantissement, le désir d'en finir. J'ai essayé d'expliquer comment nous étions restés auprès d'elle avec le désir de l'accompagner jusqu'au bout, même avec des mots qu'elle ne pouvait plus raisonnablement entendre. J'ai même dit comment j'avais moi-même demandé qu'on ne la laisse pas plus longtemps livrée aux grandes saccades qui secouaient son corps — et même si l'on me garantissait que ce corps était déjà devenu insensible. J'ai poussé le récit aussi loin que j'ai pu : jusqu'au cadavre allongé dans le blanc du lit et puis livré aux mains du « thanato-practeur », déguisé, maquillé, arrangé et puis exposé dans le « funérarium » d'une petite ville de province, scellé dans son cercueil, poussé enfin parmi les flammes où il est resté longtemps à se consumer.

Il y a un moment irréversible. C'est lui que j'ai désiré dire. J'ai bien conscience d'avoir franchi les limites du supportable, d'avoir touché à l'obscène même. Mais je le voulais ainsi.

Il est normal de se détourner de la mort, de la vouer aussi longtemps que possible à l'oubli, de refouler sur les confins de la conscience l'image atroce et impossible de cette chose qu'est devenue la figure d'un être aimé.

La civilisation naît, dit-on, du moment où l'homme invente d'inhumer son semblable. Et ce geste est lourd déjà d'une indéfectible ambiguïté. Le cadavre, on l'écarte comme on le ferait d'un insupportable déchet dont le devenir rebutant menace la tranquillité des vivants. Mais l'objet ainsi enfoui aux frontières du monde, on lui accorde du même coup la valeur sacrée d'une relique à laquelle va une dévotion mélancolique et insatiable. Cet instant de séparation archaïque d'où procède la culture humaine, chaque existence individuelle en refait, à un moment ou à un autre, l'expérience. De la mort, on s'éloigne, et, depuis le lointain où on la relègue, elle exerce sur nous sa force ineffable de fascination.

L'humanité se construit ainsi dans la dénégation du cadavre auquel elle conduit pourtant. Elle s'arrache à la nuit noire de l'animalité pour élaborer la fiction positive et rassurante d'un monde d'où se trouve proscrit le scandale de ce qui la menace. Pourtant, la nostalgie du néant la laisse sans repos. Elle l'appelle en arrière afin de lui rappeler l'obscurité dont elle est sortie et à laquelle, mystérieusement, elle se doit. Car être humain suppose à la fois de s'extirper du néant et de lui rester interminablement fidèle — comme si c'était dans la profondeur conjurée de la nuit que chacun de nous devait trouver le gage extrême de toute vérité.

La philosophie a souvent nommé toutes ces choses. Georges Bataille appelle ainsi « part mau-

dite » cet envers du monde où se trouvent relé-
guées toutes les réalités insupportables à la raison
et dans la confrontation desquelles l'individu
s'anéantit et s'accomplit à la fois. Il va de soi que
je n'ai rien à ajouter, à redire à une telle conception qu'on dit parfois située, datée alors qu'elle exprime le cœur même de l'expérience humaine
dans ce que celle-ci a de plus radical et de plus
universel. La mort de ma fille, malgré moi, m'a
simplement mis en demeure de vérifier en mon
nom toutes ces théories abstraites et d'apprécier la
violence très concrète à laquelle expose le deuil
dans une société attachée, par souci de survivre, à
en proscrire la signification tragique.

L'évidence en témoigne toujours et partout :
la maladie, la mort constituent un tabou. La
conscience moderne, parce qu'elle prétend avoir
triomphé de la superstition dont elle est issue,
enveloppe ce tabou dans les faux-semblants d'un
discours raisonnable et compassionnel qui en
assure la perpétuation.

Quand elle était encore solidaire du grand optimisme de la civilisation, la pensée occidentale
considérait le tabou comme le vestige d'un mode

primitif de perception du monde dont le discours de la philosophie, celui de la science avaient définitivement délivré le présent. Cette fiction naïve est sans fondement. La mort est l'aporie majeure devant laquelle défaille tout système symbolique et en réponse à laquelle il se constitue. À cet égard, le défi radical qu'elle oppose à la conscience moderne n'est ni plus faible ni plus fort que celui qu'elle représentait pour la pensée primitive. Devant la mort, l'homme d'aujourd'hui est tout autant démuni que son plus lointain ancêtre.

La signification du tabou, James Frazer l'explique dans *Le Rameau d'or*, cette somme publiée avant la Première Guerre mondiale d'où naît l'ethnologie. Son interprétation, toute la science moderne des sociétés premières — qui pourtant procède d'elle — la réfute. Il me semble qu'elle dit cependant l'essentiel. Frazer écrit : « Dans la société primitive, les règles de pureté rituelle observées tant par les rois et chefs divins que par les prêtres offrent une étroite ressemblance avec celles qui sont imposées aux homicides, aux personnes en deuil, aux femmes en couches, aux filles nouvellement pubères, aux chasseurs, etc. Ces diverses catégories de personnes nous paraissent, à nous, tout à fait différentes de caractère et de condition : nous nommerions les unes sacrées, les autres souillées ou impures. Il n'en est pas ainsi aux yeux du sauvage qui ne fait pas entre elles de distinction morale : pour lui, les conceptions de sainteté et de pollution ne sont pas encore différenciées. Il voit un trait commun dans toutes ces personnes : elles sont des sources de danger pour autrui et sont elles-mêmes en danger. »

Bataille baptise « souveraineté » ce trait commun aux êtres qui appartiennent indistinctement aux règnes du sacré et de l'infâme parce qu'ils touchent aux domaines du surnaturel, du pouvoir, du meurtre, de la naissance et de la mort, du sexe et du sacerdoce. De ce côté-ci de l'expérience humaine gît la « part maudite » dont l'ambivalence est la rétribution sociale et symbolique. Toute réalité qui en relève fascine et répugne, suscite l'allégeance et la réprobation. On la qualifie d'« obscène » — et cet adjectif, étymologiquement, évoque le présage mauvais, l'augure néfaste. La mort et la maladie, dans le monde moderne, sont l'une des formes privilégiées de l'obscénité, sans doute sa forme résiduelle, celle où s'exacerbe le spectacle inacceptable d'une expérience face à laquelle la raison se rend. Elles introduisent au sein de l'espèce un désordre qu'il appartient à la société de traiter selon toute une série de protocoles — politiques, scientifiques, religieux, esthétiques — qui ont pour objectif commun non de faire disparaître ce désordre (cela n'est pas possible) mais de lui assigner une place à part au sein de son système de manière à en contrôler les effets de perturbation.

Dans *L'Érotisme*, Georges Bataille fait dépendre toute sa démonstration de la thèse qui précède et qu'il énonce notamment ainsi : « La violence, et la mort qui la signifie, ont un sens double : d'un côté l'horreur nous éloigne, liée à l'attachement qu'inspire la vie ; de l'autre un élément solennel, en même temps terrifiant, nous fascine, qui introduit un trouble souverain. » Universellement, la mort est ainsi considérée comme susceptible de se répandre et d'exercer alentour une « contagion » qui met en péril l'ordre social. « Le mort, écrit encore Bataille, est un danger pour ceux qui restent : s'ils doivent l'enfouir, c'est moins pour le mettre à l'abri, que pour se mettre eux-mêmes à l'abri de cette "contagion". » Et il ajoute : « Nous ne croyons plus à la magie contagieuse, mais qui d'entre nous pourrait dire qu'à la vue d'un cadavre empli de vers, il ne blêmirait pas ? » Confronté à l'impossible de la mort, le discours médical ou religieux, l'idéologie impensée du monde moderne — qui sont l'objet de ce livre — fonctionnent comme des traitements prophylactiques. Quelle que soit la compassion sincère qu'ils témoignent aux mourants, ils visent également à protéger les vivants de la contamination symbolique que répand l'expérience sans raison de l'anéantissement biologique auquel tout individu est promis.

La mort présente est une mort interdite. Telle est, notamment, la thèse défendue par Philippe Ariès dans ses *Essais sur l'histoire de la mort en Occident*. Pour lui, un préjugé refuse aujourd'hui à la mort d'exister sur la scène sociale et lui commande d'en hanter les coulisses. Ce préjugé la prive du relais des rituels anciens et la laisse entièrement nue de toute signification, presque plus démunie qu'au temps hypothétique où l'homme laissait ses cadavres à pourrir, ne songeant pas même à les accompagner du simulacre de quelque symbole.

Si juste qu'elle soit, la proposition de Philippe Ariès dépend pourtant d'une lecture qui me paraît discutable. Au moins sur un point. Mais il est essentiel. Elle postule en effet qu'autrefois une harmonie unissait l'homme et le monde et que cette harmonie a été brisée. Aux temps magnifiques de la chrétienté, l'individu mourait en paix avec lui-même, en paix avec autrui, faisant reposer son agonie sur le lit de certitudes d'une foi qui lui garantissait l'éternité anonyme dans le sein de Dieu et parmi la communauté indiscriminée des croyants. L'individualisme romantique a fait retentir au chevet du mourant la dissonance d'une protestation sans appel. Et cette protestation a ouvert un précipice insondable qui sépare le mourant du monde au sein duquel celui-ci ne trouve plus le secours d'un sanctuaire.

Ariès cite abondamment un écrivain américain du nom de Geoffrey Gorer, auteur en 1955 d'une étude intitulée « The Pornography of Death », dont il faut mesurer ce que dut être sa valeur de provocation inouïe dans le contexte religieux et puritain de la société où elle fut d'abord publiée. À en croire le résumé que fournit de cette thèse l'historien français, on veut bien croire qu'avec elle « tout est déjà dit ». Partant de l'expérience dont il a été témoin, Gorer montre comment le mourant se voit aujourd'hui privé de sa mort, comment le deuil se trouve interdit à ses proches auxquels l'on propose l'ersatz de nouveaux rituels qui vident l'événement de toute signification possible. Un interdit frappe ainsi la mort dont Ariès écrit qu'il vise à « éviter, non plus au mourant, mais à la société, à l'entourage lui-même le trouble et l'émotion trop forte, insoutenable, causés par la laideur de l'agonie et la simple présence de la mort en pleine vie heureuse, car il est désormais admis que la vie est toujours heureuse ou doit toujours en avoir l'air ».

L'ostracisme actuel dont la mort est l'objet, aucun observateur de bonne foi ne peut en nier l'évidence. Le malade, le mourant, ses proches se trouvent sommés de collaborer au processus d'effacement, d'oblitération dont la société leur affirme la nécessité. Ma seule objection porte sur ce point : je ne suis pas certain qu'il n'en ait pas toujours été ainsi, que l'utopie d'une civilisation à l'intérieur de laquelle la foi donnait sens à la mort ne constitue pas une pure illusion rétrospective et que prétendre que nous soyons aujourd'hui privés du secours des certitudes anciennes ne dépend pas d'une vision naïve de l'Histoire, idéalisant le passé, dépréciant le présent.

Non, le cadavre de la personne aimée a toujours été cette chose sans emploi ni usage dont les vivants ne savaient trop que faire et dont même les religions anciennes ne parvenaient pas à faire disparaître la scandaleuse et irrécupérable force de vérité. Les rituels changent sans doute. Mais leur pathétique et inopérante nécessité demeure.

De la religion et des rites

Je me crois aussi athée qu'on peut l'être.

Quand on interroge aujourd'hui quelqu'un sur sa religion, il répond — parce qu'il sait que c'est cette réponse que l'on attend de lui — qu'il croit sans réserve en une puissance supérieure qui veille sur les vivants, favorise son destin à la façon d'une bonne étoile et lui garantit peut-être au-delà de la mort, quoi qu'il ait fait, la certitude bienheureuse d'une vie éternelle. Mais il ajoute aussitôt que cette puissance supérieure ne saurait en aucun cas se confondre pour lui avec le Dieu des chrétiens — ni d'ailleurs avec aucun autre. En ce qui me concerne, c'est tout le contraire. Je suis convaincu que, de toutes les fictions mensongères que l'humanité a inventées au cours des siècles, le catholicisme constitue la plus complexe et la plus digne de respect. Contre le perpétuel paganisme dans lequel se complaît l'espèce humaine et qui sanctifie le monde tel qu'il est, contre la superstition aujourd'hui renaissante et tout le bazar de croyances infantiles qu'elle propage, je veux bien qu'on me dise du parti de l'Église.

Mais je ne pense pas un seul instant qu'il y ait un Dieu quelque part ou qu'existe une vie après la mort.

Je me crois aussi athée qu'on peut l'être.

Et pourtant lorsque nous avons su que notre fille allait mourir, Hélène — qui est plus irréligieuse encore — et moi, nous avons demandé qu'un prêtre vienne auprès de Pauline pour prononcer les mots du baptême. Je me rappelle très précisément le regard intrigué de notre enfant lorsque l'eau du sacrement qui coulait sur son front lui a ouvert un bref instant les yeux.

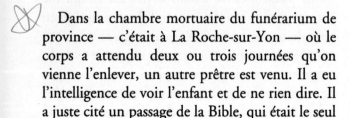

Dans la chambre mortuaire du funérarium de province — c'était à La Roche-sur-Yon — où le corps a attendu deux ou trois journées qu'on vienne l'enlever, un autre prêtre est venu. Il a eu l'intelligence de voir l'enfant et de ne rien dire. Il a juste cité un passage de la Bible, qui était le seul

100

que nous pouvions entendre : celui qui parle de Rachel et dit simplement qu'elle a perdu ses enfants et ne veut pas être consolée. Il a accepté de nous accompagner jusqu'au cimetière de Rosnay et c'est lui qui a posé l'urne contenant les cendres dans le fond de la tombe. Je lui suis reconnaissant de ce geste car je ne crois pas que quelqu'un d'autre — et certainement pas moi — aurait eu le courage de le faire.

Personne ne supposait qu'un viatique fût nécessaire pour garantir à une enfant l'accès à l'audelà, que son repos éternel supposait l'accomplissement d'une cérémonie. La superstition est une chose dérisoire et la grande gravité de la mort en fait apparaître tout le ridicule. Il y a autre chose : la conviction que le cadavre d'un être humain ne peut être abandonné sans que soient prononcées sur lui des paroles qui témoignent de ce qu'il a été et qu'il reste à jamais davantage que le corps désormais sans vie auquel il faut se résoudre à renoncer. Et quand tout se tait, il faut malgré tout que ces paroles soient dites, qui ne peuvent l'être par personne, par aucun individu en son nom propre mais par quelqu'un qui fasse entendre, venue de plus loin que lui, une grande parole de pitié anonyme qui témoigne, pour tous les hommes, du mystère écœurant de la mort et ne lui laisse pas le dernier mot.

Si, devant la mort, chacun se tourne vers la religion — sous les formes anciennes ou sécularisées qu'elle emprunte —, la raison en est tout simplement qu'elle sert à cela. Elle est la fiction immémoriale et toujours changeante que l'humanité invente afin de se convaincre que la mort constitue une question qui ne demeure pas tout à fait sans réponse. Et ce semblant de réponse, lorsque les discours de la science et de l'idéologie ont atteint leurs trop évidentes limites, si insatisfaisant qu'il soit, est le seul qui reste. Quand le patient est mort, le médecin estime que son travail s'achève, et, en général, il ne se trouve plus qu'un prêtre — parce que c'est son travail à lui qui commence — à devoir répondre de ce qui arrive encore. Auprès de la tombe, il est le dernier. Qu'il ne puisse pas se dérober à la demande qu'il reçoit alors ne signifie pas qu'il ne lui faille un réel courage pour se tenir là devant le trou, le vide qui ainsi s'ouvre aussi devant lui.

Il est inexact de dire que la religion catholique échoue à rendre compte du scandale de la mort —

et tout particulièrement du scandale plus grand encore que représente la mort de l'enfant. Pour résoudre ce scandale, la théologie a construit une théorie rigoureuse et systématique. Il se trouve juste que cette théorie est humainement irrecevable et qu'il n'existe plus personne — même parmi les gens d'Église — pour en soutenir le raisonnement jusqu'au bout. Si l'homme souffre et meurt, c'est parce qu'il est coupable. Et s'il en va de même de l'enfant, c'est qu'il est coupable au même titre. En théologie, ce dogme est celui du péché originel. En bonne logique, il vouait aux limbes des enfers (voyez Dante et son premier cercle) même les nouveau-nés, justifiant du même coup leur souffrance et leur mort qui n'étaient que la rançon légitime d'une condition humaine souillée par la faute. Mais une telle thèse — pourtant rigoureusement infaillible —, même l'Église d'aujourd'hui n'a plus l'audace de la défendre car elle heurte trop la sensibilité moderne.

Le scandale, au lieu de le taire, la foi l'exhibe ainsi et le porte à son paroxysme en choisissant pour emblème la figure même de l'innocence iniquement sacrifiée. Dieu livre son propre fils au supplice. Et c'est son propre fils assassiné que l'humanité contemple encore lorsque Marie tient pathétiquement sur ses genoux le cadavre brisé et trop grand, semblant déjà glisser vers la terre, de Jésus. En ce sens, la mort de l'enfant est bien au centre. Lui, il est l'agneau ignoblement égorgé. Et tout enfant qui agonise paraît insupportablement incarner l'épreuve — très ancienne et toujours actuelle — de la Passion. Le scandale est. Et c'est pourquoi il en appelle à l'impossible rétribution de la résurrection.

Toute la mécanique des mystères fonctionne ainsi. D'un côté, la protestation contre l'inacceptable sort fait à l'innocent. De l'autre, la promesse que sa souffrance se trouvera enfin rédimée. C'est comme un très délicat système de vases communicants ou bien de balanciers. Bien sûr, lorsque la pesée officielle se fait, le fléau penche toujours du bon côté. La religion, pour exister socialement, pour durer et prospérer comme elle l'a fait, doit tenir un discours positif qui déclare provisoire le scandale de la souffrance et assure que le mal se renversera enfin en son contraire. La communauté des vivants réclame de l'Église cette parole facile et ignominieuse de consolation. Le hideux et dégoûtant sermon habituel s'en déduit : il justifie la souffrance, il l'exalte, et affirme que la mort n'est rien puisque le Jugement dernier, un jour, l'effacera. Quant aux enfants morts, la foi en fait les héros — les hérauts également — de sa prédication :

plus la douleur qu'ils subissent est grande, plus grande sera leur gloire lorsqu'ils entreront les premiers dans le paradis promis de la vie future.

La raison sociale de la religion dépend de sa capacité à tourner ainsi le négatif en positif. Et l'opération de conversion à laquelle elle se livre lui sert de justification, certainement, aux yeux du monde. Pourtant, dans le drame de la Passion tel que le christianisme le met en scène, autre chose insiste qui, au cœur même de la comédie du salut, conserve intacte la scandaleuse aporie de la souffrance. Il y a la mélancolie têtue de Job, le désespoir obstiné que disent les aphorismes de l'Ecclésiaste, le chagrin inconsolé de Rachel et de Marie, le déchirement même du Christ pleurant ses larmes de sang au mont des Oliviers, sa dernière parole sur le Golgotha à laquelle personne ne répond, qui s'achève en un cri : « Mon Dieu, mon Dieu, pourquoi m'as-tu abandonné ? » C'est le mot des mourants que les hommes, quel que soit leur âge, adressent à leurs propres parents et qui revient en rêve, l'exclamation stupéfiée et amoureusement réprobatrice : « Père, ne vois-tu pas que je brûle ! »

J'ai toujours pensé — je sais bien que cette pensée est hérétique pour l'Église qui ne peut en revendiquer le sens —, mais j'ai toujours pensé que la vérité du christianisme — si elle existe — se situait dans cet intervalle de silence qui sépare le vendredi saint du dimanche de Pâques, ni dans le moment de la Passion ni dans celui de la Résurrection mais très précisément entre les deux, dans la nuit incertaine du tombeau où le jour hésite entre l'épreuve inacceptable du calvaire et le miracle impensable du tombeau ouvert.

À mon tour, j'assiste aux messes de funérailles. Je ne prie pas. Je ne communie pas. Je ne vois pas très bien quel sens cela aurait de recevoir dans ma bouche le corps d'un Dieu qui laisse ainsi le monde dévorer l'un après l'autre tous ses enfants.

Je ne donne tort ou raison à personne. Je laisse ceux qui le veulent penser qu'il existe un ciel accueillant où sont d'ores et déjà réunis tous ceux que nous avons aimés, qu'ils nous attendent et qu'un jour nous les retrouverons tous. Je n'essaie pas de les détromper. Ils n'entreprennent pas de me convaincre. Je ne peux pas m'empêcher de penser qu'ils ne croient pas tout à fait à ce paradis qu'ils espèrent. Mais, en un sens, je suis parfois heureux qu'ils l'imaginent et qu'ainsi, au moins dans leur esprit, ils fassent en sorte que ce ciel existe.

Chacun s'invente la religion qui lui paraît juste et digne. Je ne suis pas assez naïf pour ne pas réaliser que j'ai moi aussi ma religion. La conviction que je me suis faite que la mort est un scandale radical, dépourvu de sens, insusceptible d'être racheté dans l'économie d'une quelconque rédemption constitue l'article unique d'un « credo » dans lequel j'ai investi toute ma foi et auquel je me sais plus dogmatiquement attaché que le plus fanatique des fidèles ne l'est à son propre catéchisme. Devant la mort, il n'y a que des croyances. Elles ne se valent pas toutes. Mais toutes celles qui respectent la vérité tragique de l'existence témoignent de l'insoluble absurdité de la condition humaine et, en refusant cette absurdité ou bien en la revendiquant, elles finissent fatalement par lui donner sens.

Ce que fait à la foi la mort d'un enfant, je ne peux pas le savoir. Mais la façon dont mon père a fini m'a souvent forcé à y penser : son attachement très visible à Pauline et à Hélène, l'abattement soudain de ses derniers mois, l'inconsolable expression d'incompréhension et d'impuissance qui ne quittait plus cet homme dont toute l'existence avait été construite sur un idéal rigoureux d'engagement dans le monde et sur la fidélité à la lettre et à l'esprit du christianisme. Il continuait d'aller à l'église comme il l'avait scrupuleusement fait chaque dimanche de sa vie mais sa bouche restait fermée : il ne priait plus à voix haute, ne chantait plus avec les autres fidèles. Son corps restait à sa place parmi les autres. Sa voix seulement s'était tue.

Je sais bien que cette idée est absurde — et elle l'est d'autant plus chez moi qu'elle contredit toutes mes convictions sur la maladie. Pourtant, je ne peux pas m'empêcher de penser qu'il est mort de chagrin, de désespoir, de l'écroulement soudain de toute certitude, et qu'il aura été finalement le seul d'entre nous à être mort de la mort de Pauline. Sans raison médicale avérée, sinon l'incroyable lassitude qui s'était emparée de lui, il est tombé un jour dans la rue. Je me le représente sur le trottoir parisien de la rue de la Procession, couché de tout son long, le visage contre le sol. Comme ce prêtre au « cas douteux » que décrit Camus dans *La Peste*, celui que la mort d'un enfant conduit à réviser d'un coup toute sa vie et qui, dans son lit, un soir, se tourne contre le mur pour mourir sans cause, je me figure mon père tombant enfin dans la rue.

Du deuil et de ses travaux forcés (I)

Je reviens à Frazer parce que *Le Rameau d'or* constitue le plus formidable répertoire de fables dont nous disposons et qu'il nous permet, si nous voulons le lire ainsi, de mesurer à quel point les croyances qu'on dit primitives règlent encore le monde d'aujourd'hui. Le tabou de la mort, Frazer explique comment il se propage et par contamination affecte tous ceux qui ont approché le défunt.

Chez les Maoris, à Samoa ou à Fidji, chez les Nandis d'Afrique orientale ou les Shuswaps de la Colombie britannique, un peu partout, les mêmes lois s'imposent qui mettent à l'écart les hommes et les femmes qui ont été en relation directe avec un cadavre, leur interdisant de toucher des mains leur nourriture, les astreignant à de longs et complexes rites de purification. Car la croyance universelle veut que l'âme du disparu leur reste attachée et qu'à travers eux elle constitue une menace magique pesant sur tous les vivants.

Un seul exemple suffit : « Dans le district Mékéo de la Nouvelle-Guinée britannique, un veuf perd tous ses droits civils et est proscrit de la société ; il devient un objet de crainte et d'horreur que tout le monde évite. Il ne peut pas cultiver de jardin, ni se montrer en public, ni traverser le village, ni marcher sur les chemins et les sentiers. Telle une bête féroce, il doit se tapir dans les herbes hautes et les buissons, et s'il voit ou s'il entend venir quelqu'un, surtout si c'est une femme, il doit se cacher derrière un arbre ou un fourré. S'il désire aller à la pêche ou à la chasse, il doit y aller tout seul et de nuit. S'il veut consulter quelqu'un, même le missionnaire, ce sera de nuit et en cachette ; il paraît être aphone et ne peut que chuchoter à voix basse. S'il se mêlait à une troupe de chasseurs ou de pêcheurs, sa présence leur porterait malheur... »

L'expérience du deuil est celle de l'exclusion. Et, dans le cas du deuil parental, elle se trouve redoublée.

L'homme, ou la femme, endeuillé (le père, la mère, privé de son enfant) se retire du monde parce qu'il n'en supporte plus le commerce et qu'il cherche un refuge où s'abîmer dans son chagrin. Un dégoût mélancolique de toutes les choses auxquelles les autres attachent encore un prix s'empare de lui et un tel dégoût peut facilement tourner à la haine systématique, à la misanthropie. Mais le monde également se détourne de lui parce que le chagrin qu'il manifeste constitue comme une réprobation adressée à l'insouciance des vivants et qu'il leur rappelle la grande vérité inopportune qui voue tous les êtres à la mort. Je ne connais personne qui ait vraiment porté témoignage sur l'inhumaine violence d'une telle exclusion. Je crois avoir tenté de le faire dans mon deuxième roman. Et le refus de lire dont ce livre a le plus souvent fait les frais me conforte dans l'idée qu'une telle expérience est et reste irrecevable. Car, dans l'Europe du XXIᵉ siècle comme dans le district Mékéo de la Nouvelle-Guinée britannique, une personne endeuillée devient vite « un objet de crainte et d'horreur que tout le monde évite ».

La question posée consiste à réintégrer dans le sein de la communauté celui qui en a été écarté. Un tel retour, nous dit-on, n'est possible qu'au prix de ce « travail du deuil » dont toute la vulgate nous fait une obligation. Faciliter le « travail du deuil » des victimes est la seule obligation à laquelle se sente tenue la communauté lorsqu'il se trouve bien entendu qu'elle ne peut ou ne veut rien faire d'autre, et notamment pour réparer le préjudice que ces victimes ont subi — d'où les inénarrables « cellules de soutien psychologique » dépêchées un peu partout sur les lieux des catastrophes et des attentats à tel point que l'on prend parfois désormais plus vite soin des témoins que des blessés. Je note simplement que des voix s'élèvent de plus en plus souvent contre les travaux forcés du deuil auxquels on voudrait nous contraindre. Et j'en conclus seulement que, si minoritaires et discordantes que soient ces voix, quelques-uns ont dû éprouver simultanément le même dégoût, la même colère devant la pensée fausse à l'aide de laquelle la société s'emploie avec succès à évacuer de partout le démenti du deuil.

L'expression « travail du deuil » provient d'un article canonique de Sigmund Freud intitulé « Deuil et mélancolie » et que reprend, pendant la Première Guerre mondiale, son volume *Métapsychologie*. La thèse en expose que la personne endeuillée se trouve, en raison de la perte de l'être aimé, placée en demeure de réinvestir sa libido (son désir) dans un nouvel objet qui va venir auprès d'elle prendre la place de l'objet ancien. Le « travail du deuil » consiste très précisément en cette opération de remplacement.

Que Freud lui-même n'ait pas été jusqu'au bout fidèle à sa propre théorie, on dispose de plusieurs raisons de le supposer. Lorsque Sophie, sa propre fille, vient à mourir en 1920, Freud, sans pour autant le reconnaître, revisite sa propre pensée au point de la corriger tout à fait. Dans une lettre adressée à Binswanger, il confie : « On sait que le deuil aigu que cause une telle perte trouvera une fin, mais qu'on restera inconsolable, sans trouver jamais un substitut. » L'horizon pathétique du dernier Freud, son pessimisme tragique, la façon dont il reformule alors tout le système de sa pensée, il y a tout lieu de penser qu'ils dépendent de cet événement-là.

L'idée même qu'un « travail du deuil » soit possible repose sur la conviction qu'un être est substituable à un autre. On pense la mort par analogie avec cette autre expérience de la perte que constitue la rupture amoureuse. Mais il faut ne jamais avoir vraiment aimé pour se convaincre que même l'euphorie érotique dans laquelle plonge l'expérience d'un nouvel amour suffise à effacer le chagrin du départ, l'irréparable sentiment d'absence que laisse en soi le manque de l'être que l'on a un jour tenu contre soi.

Aucun individu n'en remplace jamais aucun autre. Et la mort accuse encore l'impression d'irrémédiable qui s'attache à une telle vérité. Le commerce amoureux, déjà, fait éprouver ce qu'il y a d'impossible dans l'échange des corps, dans le passage de l'un à l'autre qui les tient pour interchangeables, proies indifférentes d'une même jouissance qui se satisfait de la substitution d'un simulacre à un autre. Le deuil, davantage.

Du concept de « travail du deuil », que Freud a expérimentalement hasardé, la psychologie actuelle a fait un impératif dont tout le discours régnant répète la nécessité. Le retrait des rites, en lieu et place de ceux-ci, a favorisé le développement d'un vrai catéchisme constitué. Celui-ci est censé assister les individus en les aidant à traverser les épreuves de la vie et en promettant de favoriser leur épanouissement personnel. Toute une littérature prolifère ainsi dont les thèses — largement relayées par la culture de masse, sur les plateaux de télévision ou dans les pages des magazines — ont fini par acquérir force de vérité quasi scientifique, au point de n'être plus contestées par personne et de commander automatiquement toute philosophie implicite de l'existence.

Un tel discours fait de la souffrance et de la mort ses objets de prédilection. Mais le traitement qu'il leur fait subir, afin de les rendre socialement recevables, consiste à les vider de toute leur signification tragique en les soumettant à l'impératif d'un *positive thinking* qui, tout en réveillant paradoxalement ce que le dolorisme chrétien comportait de plus rétrograde, se retrouve admirablement en phase avec l'optimisme idéologique du présent et susceptible de se formuler aussi dans la langue de toutes les faibles croyances contemporaines du New Age. La visée explicite d'un tel discours, aujourd'hui triomphant, tend à attribuer une valeur finalement positive à la douleur physique et psychique.

Le « travail du deuil » finit même par s'opérer par anticipation. Avant même que la mort soit acquise, on nous presse de donner notre assentiment à celle-ci, la déclarant en quelque sorte nulle et non avenue, légitimant par avance le « passage au suivant » auquel on nous invite. Car l'essentiel, selon la très pesante morale qu'on nous impose désormais et comme le veut la formule passe-partout des conversations et débats d'aujourd'hui, consiste dans sa vie amoureuse ou professionnelle, dans toutes les expériences de son existence à savoir « rebondir » !

C'est ainsi qu'on nous enseigne désormais que mourir est un art. Et cela revient à dire que la mort est elle-même beauté — quand elle n'est bien sûr que laideur et déchirante détresse. Le mythe de la mort édifiante se voit alors remis au goût du jour. J'attends — sans impatience — le moment où mon corps finira comme tous les autres dans un service de soins palliatifs et je réserve jusque-là mon jugement — car je veux bien croire au formidable progrès médical et humain que constitue la création d'unités destinées à accueillir les agonisants (je veux dire naturellement : « les patients en fin de vie »). Mais je peux d'ores et déjà formuler un avis sur l'« idéologie palliative » telle qu'elle s'exprime un peu partout et prend force de loi. Dans un livre à succès étrangement préfacé par un Président dont on sait combien son propre cancer l'a conduit à patauger un peu dans ce que Freud nommait la « boue noire de l'occultisme », une personnalité devenue éminente relate dans un style très sulpicien les très nombreuses agonies auxquelles elle a assisté. Plus les morts se multiplient autour d'elle, plus elle se sent radieuse. Son énergie grandit à mesure qu'elle assiste à des scènes désespérantes que n'oserait pas le plus larmoyant des mélodrames télévisuels mais qui renforcent chez elle l'envie d'aimer. Selon le cliché auquel ne résiste pas le Président préfacier — confiant au sortir de sa visite aux mourants : « C'était formidable ! » — ce livre est une « leçon de vie ».

La souffrance se voit ainsi sacralisée pour l'éveil spirituel qu'elle est supposée procurer. Une version plus laïque du même discours présente la malchance comme une opportunité qu'il appartient à l'individu de saisir afin de devenir lui-même et de transformer son pathétique destin en une *success-story*. Le concept de « résilience », dont on sait l'incroyable fortune médiatique, veut que le traumatisme originel subi par certains individus leur confère, en réaction, des ressources morales insoupçonnables qui vont leur permettre de triompher de l'adversité. Les enfants font encore les frais de la démonstration. Présentés comme des traités scientifiques, des livres se multiplient qui ont plutôt l'apparence de recueils d'historiettes émouvantes qui relatent toutes comment un être a priori condamné par l'existence est parvenu à renverser le cours de son histoire pour accéder enfin à une forme admirable de réussite personnelle et sociale. Ils reconnaissent s'inspirer de la vérité immémoriale des contes de fées qui relatent comment le méchant petit canard est devenu un cygne fabuleux. Mais ils ressemblent plutôt aux récits vécus qui ont fait autrefois la fortune de l'ineffable *Sélection du Reader's Digest*.

Mourir est un art. Le malheur est merveilleux. Ou du moins ils peuvent l'être. Et s'ils le peuvent, alors ils le doivent. Un impératif de réussite et de bonheur s'énonce ainsi — auquel toute personne qui déroge finit par se sentir coupable.

Il n'est pas indifférent que tous les discours qui entreprennent aujourd'hui de conférer une valeur positive à la mort ou au malheur se caractérisent par une même attitude d'indifférence ou d'hostilité à l'égard de la psychanalyse. Qu'ils se réclament de la psychologie ou de l'éthologie, bien qu'ils revendiquent une discutable autorité venue de la clinique, au bout du compte, ils servent le vieux discours de la religion ou de l'idéologie, toutes deux attachées à faire se résorber l'expérience du négatif au sein d'une parole lénifiante de consolation et de réconciliation. On conçoit qu'ils éprouvent une réelle méfiance à l'égard de toute forme de réflexion critique qui pourrait s'appliquer à eux et entamer le monopole qu'ils exercent de fait dans le domaine des représentations collectives. La pensée freudienne, s'ils s'en réclament, c'est au prix d'un effort évident de falsification qui consiste à isoler certains concepts aisément recyclables — ainsi le « travail du deuil » — tout en les détachant de la démonstration d'ensemble qui, seule, leur donne sens.

Il faut dire que cette falsification est elle-même facilitée par les ambiguïtés et les contradictions de la psychanalyse. D'un côté, celle-ci, dans son désir de tout expliquer, entreprend elle aussi d'attribuer une signification à la souffrance et de l'interpréter comme l'expression inconsciente d'un désir de mortification attribuable au patient lui-même — c'est sur ce point très précis que portait la critique légitime adressée par Susan Sontag à Reich ou à Groddeck. Mais, de l'autre, le pessimisme tragique dont elle est solidaire et qui la conduit à faire dépendre toute existence humaine d'une certaine expérience du manque en fait l'un des plus efficaces antidotes contre toute vision positive et normative de l'individu. Ces deux tentations s'affrontent. Et si le concept de « travail du deuil » continue à dominer le discours des psychanalystes, il suscite cependant souvent la perplexité, voire la critique, de certains, dont il n'est pas difficile de deviner qu'une expérience personnelle les a conduits à refuser la vulgate de leur profession. Avec ces derniers, j'ai souvent eu le sentiment de mieux m'entendre. Je veux dire de mieux me comprendre.

Je m'arrête un peu sur le livre de Jean Allouch — *Érotique du deuil au temps de la mort sèche* —, pour la sympathie que j'éprouve à l'égard d'une démonstration que je ne suis pas capable de suivre dans tous ses détours par défaut de familiarité avec la culture psychanalytique, mais dont j'ai le sentiment de l'avoir suffisamment comprise pour en apprécier la justesse.

Cet essai dit l'essentiel soulignant que « le cas paradigmatique du deuil n'est plus aujourd'hui, comme au temps où Freud écrivait la *Traumdeutung*, celui de la mort du père, mais celui de la mort de l'enfant ». Le deuil, explique Allouch, ne relève pas d'un travail mais d'un sacrifice. Il suppose cet abandon de soi, cette mutilation volon-

120

taire par laquelle le vivant laisse le mort emporter une partie de lui au tombeau. En ce sens, il constitue le contraire de la psychose, caractérisée par le symptôme et l'hallucination, car à l'inverse de celle-ci il est non pas le « retour dans le réel de ce qui aura été forclos du symbolique mais appel au symbolique et à l'imaginaire par l'ouverture d'un trou dans le réel ». Envisager le deuil en termes de travail revient à considérer que les objets du désir sont interchangeables, qu'ils sont comme les fétiches indifférents à l'aide desquels, les substituant les uns aux autres, l'individu recouvre le vide insupportable qui se creuse devant lui. Mais le concevoir comme sacrifice — comme y invite Allouch — consiste à considérer ce trou et à comprendre que c'est depuis sa profondeur incomblable que se lève la féerie d'une vision fidèle à la vérité.

Je traduis tout cela dans des termes qui m'appartiennent et qui sont peut-être erronés. Je les entends au sens que Bataille leur aura donné. Le « travail » du deuil réintègre la mort dans la sphère de l'utile en lui conférant une justification. À l'inverse, le « sacrifice » le conçoit comme une dépense irréductible à tout emploi, et par laquelle l'assentiment à la destruction pure et simple fait verser l'individu dans le revers archaïque d'un

121

monde où il communique avec le fond de panique dont procède toute expérience. Si j'appréhende le deuil comme un « travail », je m'astreins à procéder à cette conversion rentable qui transforme l'objet aimé que j'ai perdu en ce nouvel objet d'amour qui viendra prendre sa place. Si je l'appréhende à la façon d'un « sacrifice », je me livre à cet holocauste affectif où, m'abîmant avec lui, je m'anéantis partiellement en lui et trouve dans la mutilation acceptée de moi-même le gage d'un accès symbolique à la vérité sans usage de la vie.

Mais tout cela peut sans doute se dire plus simplement. Puisque la conviction concernée touche à la fondamentale insubstituabilité des êtres aimés. Le « travail du deuil » dénie cette insubstituabilité en s'employant à leur remplacement sensé. Le « sacrifice » du deuil en prend acte et en fait le sujet même de ce spectacle incroyablement cruel où la perte s'accepte comme telle.

On doit pouvoir faire plus simple encore. J'aimerais pouvoir y parvenir. Rien ne remplacera celui que l'on a perdu. Et c'est seulement à la condition d'accepter cette évidence que, consentant au sacrifice partiel de soi-même, on conserve vive la vérité d'avoir aimé.

Du deuil et de ses travaux forcés (II)

Le deuil, sans doute, est une maladie. Je veux dire que comme la maladie il soustrait l'individu au commerce de la vie ordinaire et que, comme elle, il l'abandonne à l'expérience d'un formidable esseulement.

J'ai voulu qu'un deuxième roman suive *L'enfant éternel* parce qu'il me semblait qu'il fallait raconter cette solitude aussi. Au lendemain de la mort de Pauline, Hélène et moi avons quitté notre appartement parisien où nous n'avons jamais voulu retourner. Nous avons chargé quelques affaires dans notre voiture. Les nuits qui ont suivi l'enterrement de notre fille, nous les avons passées dans quelques-uns des hôtels qu'on trouve sur les interminables et informes zones commerciales qui constituent la banlieue de La Roche-sur-Yon. Nous n'avions littéralement plus nulle part où aller. Quelque chose nous retenait de nous éloigner de l'endroit où nous avions laissé les cendres de notre fille. Pourtant nous ne pouvions pas envisager de nous installer là pour y commencer une nouvelle existence. Nous avons loué un logement provisoire, perdu en pleine campagne. Il s'agissait de l'aile d'un ancien corps de ferme, transformée en un petit appartement donnant sur les prés. Le village se nomme Sainte-Cécile.

Je ne raconterai pas non plus les six mois que nous avons vécus ainsi, complètement à l'écart du monde, puisque j'en ai déjà fait le récit dans *Toute la nuit*. Sans doute, dans cet isolement absolu que nous avions voulu, avons-nous inventé notre propre manière de survivre mentalement et physiquement à l'épreuve que nous venions de vivre. La rupture de tout lien avec autrui, l'abandon du corps au sommeil, l'extase de l'esprit livré au pur mouvement du temps, l'agonie systématiquement subie du chagrin, le désœuvrement de l'ennui le plus rigoureux, toutes sortes d'interdits que nous nous imposions pour rompre le fil de notre existence ancienne afin de ne jamais oublier que ce fil avait été définitivement rompu, le travail obsessif de la mémoire qui passait par l'entretien de la tombe, la recollection de toutes les vieilles photographies — à quoi s'est alors consacrée Hélène —, toutes ces choses furent sans doute pour nous comme des rites que nous avons improvisés et dont je vois bien à quel point ils ressemblent à ceux dont parle Frazer et auxquels l'humanité a toujours eu recours.

Ces rites, en isolant la personne endeuillée, assurent, pour l'individu comme pour la société, sa purification et permettent son retour dans le sein de la communauté. Pourtant, il me semble que dans notre cas — et je veux bien qu'il en aille également ainsi pour tous les autres — il n'y a pas eu de retour. Nous avons fini par reprendre l'apparence d'une vie à peu près normale. Mais, au fond, nous ne sommes pas rentrés. J'ai toujours eu le sentiment que notre vraie vie était restée là-bas, dans l'une des chambres de l'Institut Curie où s'éternise et s'attarde le souvenir de notre fille, ou bien dans cette maison située sur le revers du monde : les pièces vides de mobilier, le matelas posé à même le sol, les fenêtres qui ouvrent sur le grand ciel bleu de l'été, le jardin qui descend vers la campagne, le soir qui tombe, la nuit qui s'épaissit, les journées identiques, le temps arrêté. J'en suis certain maintenant : nous ne rentrerons pas.

Il n'y a pas beaucoup de choses qu'on puisse faire pour une personne endeuillée. Mais il y en a une qu'il faut tout à fait éviter, c'est d'entreprendre de la consoler. Car le réconfort fait violence à celui qui souffre en donnant tort à la douleur qui est devenue sa seule raison d'être. Le deuil est une folie sans doute et c'est pourquoi il est important de ne jamais le contrarier. Les mots de condoléances n'ont de valeur que s'ils donnent acte au deuil de son absolue justification, s'ils reconnaissent l'irrémédiable de la perte, ne prétendent pas la comprendre mais se contentent d'acquiescer au refus de réconfort que réclame l'individu en deuil. Car il faut même s'abstenir de dire que l'on comprend, puisque comprendre est impossible et particulièrement à qui n'a pas vécu une telle expérience. Or le propre de celle-ci, si commune qu'elle soit, est d'être toujours vécue comme unique et incomparable.

Mais il est rare qu'une telle évidence soit entendue. La plupart des gens s'imaginent bien faire en répétant les pauvres mots qui leur semblent d'usage, ceux qui disent que « la vie continue », qu'« il faut ne pas se laisser aller », que « tout finira par passer ». Il y en a même qui s'imaginent qu'il est de leur devoir de tenir un tel discours et qui, sans qu'on leur demande rien, s'attribuent auprès des personnes en deuil un rôle dont ils se figurent ainsi qu'il les grandit, les valorise. L'inepte condescendance dont ils font preuve à leur insu est un inépuisable sujet de comédie — qui ajoute un peu d'humour noir à l'histoire. Faire la morale, donner la leçon au deuil constitue une prétention assez ridicule si l'on y réfléchit. En prétendant soutenir les individus auxquels elle s'adresse, la grande religion compassionnelle d'aujourd'hui — celle dont je parlais plus haut — exerce sur eux une extrême violence mentale, exigeant qu'ils abjurent la seule croyance qui leur reste et qui les attache exclusivement à leur chagrin : en prétendant réconforter les êtres éprouvés par la mort, elle vise surtout à rassurer tous les autres.

L'un des effets secondaires du deuil fut pour moi de rendre à peu près illisible toute littérature. Et surtout : toute philosophie. Il ne me restait plus qu'une question et, par un restant d'habitude, je la posais à tous les livres. Or il y en avait très peu qui supportaient l'épreuve de cette question. Qu'aurait à dire la philosophie de la mort d'un enfant ? Elle se trouve encore plus démunie que la religion. C'est tout dire. La grande et immémoriale sagesse qui invite à donner son assentiment à la nécessité, les rodomontades néonietzschéennes par lesquelles le surhomme acquiesce à l'éternel retour, les hautes méditations heideggériennes sur l'Être et son oubli ? Allons donc. *Words, words, words*, comme le dit Hamlet, cet autre héros du deuil.

Un seul penseur m'a paru à la hauteur, lu adolescent, totalement oublié ensuite, laissé en réserve dans la bibliothèque pour ce moment imprévisible de ma vie. Afin de comprendre Kierkegaard et pour donner sa vraie profondeur à son expérience, il suffit d'oublier qu'il est un penseur chrétien. Cela est d'autant plus facile que lui-même reconnaissait ne pas mériter un tel titre et n'être au fond ni penseur ni chrétien, simplement un individu qui adresse à toute la philosophie une question et qui ne se satisfait pas de la réponse que celle-ci prétend lui donner. Il y a, dit-il, dans la vie une épreuve par laquelle l'Individu, subitement « tombé du général », advient s'il le veut à la radicale singularité de l'existence, se détachant du mirage esthétique et même de la nécessité éthique, pour assumer seul l'impossible de sa condition. Job et Abraham connurent cette épreuve où tout leur fut ôté et qui les précipita dans un vertige incompréhensible à tous leurs semblables, les transformant à leurs yeux en monstre ou en déchet. De ce côté-ci de l'expérience se situe le paradoxe de la vérité qui oblige à ne pas se détourner de l'énigme de la souffrance. Car « il y a une plus grande misère que d'être le plus malheureux au sens du poète, et c'est d'être si incomparablement heureux qu'on ne comprend pas la souffrance qui est l'élément vital du religieux ». Le propre de l'expérience religieuse, telle que la définit Kierkegaard, consiste non pas à réconforter de la souffrance mais à « réconforter par la souffrance ». En ce sens, la compassion sociale dont je parlais plus haut constitue la plus extrême iniquité. En prétendant consoler la souffrance — et donc la faire disparaître —, elle prive l'individu du seul réconfort qui lui reste. Et, du même coup, elle lui barre l'accès à l'épreuve où lui serait révélée la vérité.

La religion — mais je répète quel sens paradoxal Kierkegaard donne à ce mot et comment je l'entends après lui — arrache ainsi l'individu à toute raison. Le seul conseil que l'on puisse alors donner à un homme dans l'épreuve est le plus absurde qui soit. Il dit : « Desespère ! » Tel est pourtant l'impératif vrai puisque seul le désespoir place l'individu devant le mystère dont il doit répondre afin d'être. À cette condition tout lui sera rendu comme l'apprirent enfin Job et Abraham connaissant cette très singulière « reprise » dont Kierke-gaard a fait le mot le plus énigmatique de toute la pensée. Chaque personne en deuil est semblable à eux, père assassin accompagnant son fils sur les pentes du mont Moria, homme déchu gisant sur son tas de fumier d'où il contemple le désastre de sa vie, chacun récipiendaire d'une vérité inintelligible qui le met à part et l'oblige à subir le sermon vain du monde. Et s'il survit à ce moment d'infinie dé-réliction, alors toute sa vie sera semblable à une in-terminable reprise — « ressouvenir en avant » — où l'épreuve s'abolit dans la reprise qui seule, pour-tant, la conserve intacte, promesse inaccomplie et cependant nécessaire.

Tout cela se trouvant trop vite, trop mal dit. Et juste cependant.

L'individu en deuil « tombe du général » — selon le mot de Kierkegaard. Je veux dire que tout ce qui s'applique aux autres cesse de valoir pour lui. Sa situation le constitue en exception à la règle. Il est clair alors qu'une réprobation una-nime lui est aussitôt acquise. Et que la demande sociale exige qu'il rentre dans le rang.

Tout le commerce du deuil s'en déduit — qui, déniant la vérité du désespoir, la livre à une exploitation méthodique. Vue depuis son envers, la société de consommation dans laquelle nous vivons est aussi une société de consolation. La même industrie fonctionne pour rendre le plaisir obligatoire et pour déclarer la douleur interdite.

C'est cette exigence de consolation qui règle le rapport ambivalent du monde aux malades, aux morts et à ceux qui leur survivent. La communauté des vivants se détourne de l'individu affligé — parce qu'il l'effraie. Mais, en même temps, elle ne cesse de retourner à lui. Un phénomène très évident d'aimantation attire chacun vers la personne en deuil. Je l'appellerai : la sentimentalité. Dans mon premier roman, j'en ai donné une définition que j'ai trouvée dans l'*Ulysse* de Joyce mais qui, en fait, appartient à un autre écrivain (il se nomme Meredith, voyez si vous le voulez les notes de la Pléiade) : « Le sentimental est celui qui voudrait le profit sans assumer la dette accablante de la reconnaissance. » Autant dire de la sentimentalité qu'elle constitue une escroquerie caractérisée puisqu'elle consiste dans le désir de profiter d'une émotion sans accepter d'en payer personnellement le prix. Une plus-value tout à fait conséquente se trouve ainsi dégagée.

La sentimentalité est l'inverse de la pitié — au sens que Rousseau donne à ce mot — tout comme la charité qui l'accompagne est le contraire de la justice. Elle en simule la forme pour en usurper la place, et en renverser le sens. L'identification à la personne souffrante permet de jouir virtuellement d'elle et de soi-même en s'imaginant livré au même impossible : tout le sublime de la douleur et de la compassion se trouve ainsi disponible. Mais, comme l'expérience du malade n'est vécue que par procuration et qu'elle se trouve vidée de sa signification profonde, la sentimentalité, sous couvert de sympathie vraie, verse le néant de la douleur au sein du discours positif qui en assure l'évacuation.

Il y a ainsi une grande « sentimentalité » dont les enfants malades et leurs parents sont aujourd'hui l'objet. Elle les fait doublement victimes : d'abord de la souffrance qu'ils subissent, ensuite de l'arraisonnement spectaculaire dont ils deviennent la proie. Tous ils suscitent la terreur et la pitié, comme le veut la vieille mécanique tragique brevetée au temps d'Aristote mais que l'optimisme moderne a adaptée à l'insignifiance d'une vision mélodramatique. De tous, on considère alors qu'il est juste de jouir, faisant de leur malheur le gage d'un plaisir impuni et (presque) gratuit. De ceux que saisit le malheur, il n'est pas excessif de dire qu'ils se trouvent livrés à un grand commerce prostitutionnel dont ils ne recueillent pas même les fruits puisque c'est la société tout entière qui s'institue proxénète dans l'affaire.

Je parle trop abstraitement. Je veux dire que la communauté vient jouir très visiblement du spectacle de la souffrance. L'argent, l'attention, l'audimat sont la monnaie à l'aide de laquelle la société prétend acquitter le droit de transformer la douleur en un pur objet de spéculation. On paie pour voir. On règle en bons sentiments ou bien en bel argent. Le citoyen télévisuel acquitte son écot. Il s'imagine acquérir ainsi le droit de jouir de l'émotion que suscite la souffrance mais sans s'acquitter de la dette que cette jouissance suppose — sinon sous la forme impersonnelle d'une obole abandonnée à l'industrie caritative. La grande messe annuelle du Téléthon, l'office hebdomadaire cathodique, l'inénarrable et abjecte comédie que jouent les personnalités les plus dérisoires — mannequins et sportifs — utilisant très cyniquement l'alibi d'une « cause humanitaire » pour en faire l'un des instruments de leur propre promotion, participent d'un seul et même phénomène dont personne ne semble avoir assez de mauvais esprit pour dénoncer les implications réelles.

Car, sous prétexte de soulager financièrement la souffrance ou bien de témoigner pour elle, on exhibe le malheur comme on le faisait autrefois dans les cirques ou bien dans les asiles, transformant tous ceux qui souffrent en figurants de leur propre histoire, expropriés de leur vie, contraints à y tenir un rôle que d'autres ont écrit pour eux et où on exige en plus qu'ils fassent bonne figure à la caméra bienfaitrice.

Nous vivons bien sous ce Nouvel Ordre Victimal, qu'évoque Jean Baudrillard, où le monde s'en va « se refaire une réalité là où ça saigne » : « réalimenter le vivier de la valeur, le vivier référentiel, en faisant appel à ce plus petit commun dénominateur qu'est la misère humaine ». Les victimes des guerres lointaines comme celles de cette autre guerre intérieure qui se livre dans l'enclave de l'hôpital deviennent les objets d'une opération magique par laquelle la société fait mine de retrouver ce « réel » qui lui fait désespérément défaut tout simplement parce qu'elle l'a elle-même liquidé : « Résurrection de l'Autre comme malheur, comme victime, comme alibi — et de nous-mêmes comme consciences malheureuses tirant de ce miroir nécrologique une identité elle-même misérable. »

Telle est bien la loi du grand négoce senti-mental.

Du deuil et de ses travaux forcés (III)

Qu'arrive-t-il aux parents en deuil ?

J'imagine qu'il a dû se trouver des sociologues, des psychologues pour se poser cette question et produire l'étude statistique bien documentée qui y répond. Étrangement, bien que je me sois procuré beaucoup de littérature scientifique, je n'en ai lu nulle part les résultats. Comme si l'enquête avait été enterrée, ses conclusions effacées pour mieux déclarer inexistante la réalité dont elle traite.

J'en suis réduit à des suppositions. Je me demande ainsi s'il s'est trouvé beaucoup de parents pour se donner la mort après leur enfant, s'ils l'ont fait seuls ou bien ensemble, s'ils se sont tués tout de suite ou bien si des années ont passé avant qu'un jour, sans qu'eux-mêmes sachent pourquoi, le désespoir venu d'un si lointain passé les rejoigne pour les pousser par la fenêtre, les précipiter dans la cage d'escalier, les pendre à une corde. Je me demande combien de ces parents ont décidé d'avoir un nouvel enfant et s'ils ont eu ainsi le sentiment de redonner vie à celui qu'ils avaient perdu ou bien de le trahir honteusement en faisant surgir auprès d'eux le simulacre d'une autre existence. Je me demande s'ils ont été nombreux à ne pas laisser une telle épreuve faire grandir entre eux une distance suffisante pour qu'ils se séparent, divorcent, se confient au rêve — qu'ils savaient sans doute illusoire — de tout recommencer ailleurs, avec un autre, avec une autre.

Il est évident que toutes ces questions, Hélène et moi nous nous les sommes posées pour nous-mêmes depuis dix ans. Et nous ne sommes jamais parvenus à savoir quelles réponses justes elles appelaient. Il reste que ces dix ans ont passé et que nous sommes encore vivants. Il reste que nous n'avons pas eu de nouvel enfant et quel que soit le tour étrange qu'a pris notre vie, à la date où j'écris, nous ne sommes pas séparés.

Que reste-t-il de vivant dans l'amour d'un homme et d'une femme qui ont perdu leur enfant ? La plupart du temps, la séparation vient et elle se fait très vite. À moins que la naissance d'un nouvel enfant n'arrive pour tout régler en apparence. Il serait faux de dire qu'Hélène et moi nous n'avons pas éprouvé, depuis la mort de Pauline, la tentation d'une nouvelle vie qui nous délivrerait du fardeau de l'ancienne.

Nous avons connu, elle et moi, d'autres amours — dont l'idée nous a au moins visités qu'ils nous auraient donné le nouvel enfant que nous ne concevions plus d'avoir ensemble. Qui pourrait nous juger ? Aimer de nouveau, être rendu ainsi au désir et à la vie n'est pas une chose que je tiens pour insignifiante. Il s'agissait d'autre chose que d'une pure distraction érotique. Je sais ce que je dois à celle que j'ai aimée et qui aura infiniment compté pour moi. Je veux bien qu'il en aille de même pour Hélène. Après moi, après Pauline, elle méritait encore d'être aimée. Et il est juste qu'elle l'ait été. Mais une indéfectible fidélité nous liait l'un à l'autre. Elle fait que nous ne nous sommes pas séparés. Je veux penser qu'il s'agit encore de l'amour.

Il n'y a pas de symétrie des sexes. Devant la mort de l'enfant qu'ils ont eu ensemble, un homme, une femme, chacun se tient de son côté. Et cette dissymétrie fait que, même dans le couple le plus uni, il y a comme un seuil au-delà duquel il n'est plus tout à fait possible de dire « nous ». L'épreuve rapproche et elle éloigne aussi. Elle renvoie chacun à la singularité de son sexe, à la fatalité de son tempérament. Et peut-être davantage encore : à l'attitude qu'il choisit de prendre alors devant le monde et dont il décide souverainement seul. L'homme, la femme doit répondre en son nom propre de ce qui lui arrive. Et il ne peut le faire pour l'autre — quel que soit l'amour qui le lie à lui. La solitude du deuil met le couple à l'écart du monde, et en ce sens elle le renforce en lui faisant un même destin contre tous les autres. Mais elle s'installe aussi en son sein, traçant la déchirure d'une ligne de partage que ni l'un ni l'autre ne peut franchir pour connaître tout à fait ce que ressent celui, celle qu'il aime.

L'esseulement radical de la souffrance, il faut l'accepter et l'impuissance à consoler également. Puisque de cette consolation, ni le père ni la mère ne peut vouloir, ni pour lui-même ni pour autrui. L'amour le plus vrai touche à ce moment sa limite. Et c'est alors qu'il prend peut-être sa forme la plus pure et la plus paradoxale. Il lui faut admettre ce désarroi qui sépare et qui détruit. Abandonner qui l'on aime au désespoir — parce que ce désespoir est devenu la forme fidèle de sa vie —

peut être une preuve d'amour. Une phrase de Bataille dit qu'à l'être aimé il faut demander d'être la proie de l'impossible. Je crois avoir fini par comprendre ce que cette phrase signifie.

Je n'ai jamais eu l'illusion de pouvoir sauver Hélène de la catastrophe que fut pour elle la mort de notre fille — catastrophe que rendait d'autant plus accablante sa situation où, devenue mère très jeune, toute son existence tenait à son enfant. Je ne m'en sentais pas le pouvoir. Pas le droit non plus. Je crois qu'elle voulait mourir davantage que moi. Si le désir d'en finir avait été aussi fort en moi qu'en elle, je pense que nous nous serions tués. Ma propre réticence à disparaître l'a sans doute retenue du côté de la vie. Je ne saurai jamais si ce fut un bien, s'il n'aurait pas mieux valu que tout s'arrête alors pour nous deux. Jusqu'à présent, si désabusé que je sois, je n'ai jamais réussi à me délivrer tout à fait d'une curiosité stupide pour demain. L'envie de savoir ce qui va malgré tout arriver me retient dans le monde. Le suicide est une énigme. On ne sait jamais la raison pour laquelle certains sautent le pas tandis que d'autres restent sur le bord du précipice, livrés à un vertige interminable et idiot qui s'éternise. Depuis, j'ai connu d'autres chagrins qui paraîtront insignifiants au regard de la mort d'un enfant. Mais j'ai été alors plus près de me tuer. Car, lorsque Pauline est morte, je crois que l'énergie même, la colère du désespoir nous préservaient d'en finir.

Toujours est-il que nous sommes encore vivants.

Des parents en deuil, parce qu'elle n'en supporte pas le spectacle, la société de consolation exige une chose et une seule en somme : qu'ils disparaissent. Et peut-être est-ce aussi le désir de contrarier cette demande qui nous a conservés vivants, l'envie de contredire tout ce discours de dénégation dont nous avions eu à subir la violence. Un certain « mauvais esprit » fut sans doute notre salut et peut-être notre bon génie. Nous voulions continuer à exister — fût-ce (l'expression est encore de Kierkegaard) comme une écharde dans la chair du monde.

L'injonction adressée aux parents en deuil de rentrer dans le rang prend une forme unique et insistante : elle leur commande de redevenir parents. Depuis dix ans, la question formidablement indiscrète qui brûle toutes les lèvres et que beaucoup ne parviennent pas à réprimer se formule ainsi : avez-vous eu un autre enfant ? Cette question décide de tout aux yeux du monde. Et je sais bien que c'est sur elle que les autres nous jugent. Car si un autre enfant nous était né, alors la société pourrait malgré tout considérer que notre histoire se termine sur le happy end qu'elle demande et que « tout est bien qui finit bien ».

Je lis ce qui s'écrit partout et qui proclame la fin unanime du vieux modèle : familles décomposées, recomposées, déconstruction de toutes les identités sexuelles. Mais il me semble que le phénomène ne fait, en réalité, que manifester la toute-puissance intouchée de l'ancienne religion procréative qui constitue le fond le plus archaïque de la croyance et à laquelle la technique moderne donne l'occasion de régner d'une manière plus hégémonique encore qu'autrefois. Chacun réclame un enfant. Tout le monde veut devenir mère — et jusqu'aux hommes eux-mêmes. La maternité est ainsi devenue l'idéal universel — dans les sociétés développées du moins, là où les conditions de vie, les progrès de la médecine ont allégé sur la grossesse, l'accouchement, l'éducation la vieille malédiction très concrète de l'enfantement dans la douleur et de ses suites dont les femmes ont toujours eu à supporter seules le fardeau. À cette maternité idéale — par laquelle l'individu se réalise et acquiert l'identité qui le justifie — tout le monde aspire : les hommes et les femmes qui engendrent des enfants dont ils se désintéressent parfois aussitôt qu'ils sont nés, les parents stériles et les homosexuels qui attendent de la procréation artificielle ou du marché de l'adoption qu'ils les fassent coûte que coûte parents, et jusqu'à ceux qui, sans enfants, vont chercher la possibilité d'une parentalité symbolique dans une sorte de sublimation sentimentale qui les conduit à se convaincre que tous les enfants des autres sont également les leurs.

La vieille déesse mère des cultes primitifs continue ainsi à gouverner le présent. Le paganisme procréatif sanctifie pour elle-même la pure perpétuation de l'espèce, la reproduction à l'identique d'une matière biologique considérée comme la seule réalité et à laquelle plus personne ne songe que le Verbe, le souffle, l'esprit — toutes ces notions démodées et sorties de l'esprit fou du prophétisme autrefois dressé contre l'idôlatrie — sont pourtant nécessaires afin que l'individu soit autre chose que la chair transitoire qui glisse du berceau au tombeau.

Sur ces questions, il est très difficile de se faire entendre car elles vont contre la conviction commune et la heurtent viscéralement. Je ne parle pas contre la sublime illusion dont naissent les enfants. Hélène et moi l'avons vécue et, si tragique que la suite ait été, elle reste l'expérience essentielle de notre vie. Je comprends donc que chacun la désire. Je ne cherche à dissuader personne. Je dis seulement que la naissance n'est rien si elle n'est également reconnaissance : un geste de l'esprit et du cœur par lequel un homme et une femme acceptent de se trouver liés à ce quelqu'un qu'est l'enfant, qui ne leur appartient pas, qui leur vient d'ailleurs, qui existera en dehors d'eux et qui, simplement, passe parfois merveilleusement dans le temps un peu de temps auprès d'eux.

Qu'un individu puisse ne pas vouloir se reproduire, quoi qu'on en dise, continue à choquer comme une trahison absurde dont cet individu se rendrait coupable à l'égard de l'espèce.

S'il s'agit d'une femme, davantage encore. Et que, ayant perdu son enfant, une femme qui a été mère, qui pourrait le redevenir, se refuse très clairement à avoir un autre enfant, passe littéralement les bornes de l'entendement. Dans la vie ordinaire, tout le commerce féminin — tel que le régule la très rigide idéologie que propagent les magazines et qui, au bureau, en famille, dans les conversations entre amis, constitue la vraie morale d'aujourd'hui — suppose une conception partagée de la vie où la réalisation de soi signifie la conformité à un modèle tout à fait établi : le mari, l'amant, la maison, le mariage, le divorce, le remariage, les enfants, les enfants de nouveau. Dans toutes les sphères de la vie sociale, et jusqu'au travail, la convivialité repose sur l'échange des confidences amoureuses (les récriminations adressées à l'époux, le calcul sur l'avantage qu'il y aurait à le remplacer par un autre) et la circulation des photographies (de vacances, de noces, de naissances). Le modèle est sans doute moins rigide qu'autrefois. Il tolère davantage de variantes et d'écarts. Mais, pour l'essentiel, il reste inchangé. Quiconque s'en dissocie semble désavouer tous les autres qui considèrent ce modèle comme allant de soi puisqu'il dirige leur vie. Une femme, surtout si elle est jeune, encore fertile et séduisante, qui, par le refus de refaire un enfant, renonce au schéma attendu, devient tout à fait incompréhensible. Et il va de soi qu'on lui en fait quotidiennement payer le prix.

Un homme est davantage épargné car, les stéréotypes étant ce qu'ils sont, la société tolère mieux qu'il puisse sublimer sa situation par la réussite professionnelle, la dispersion érotique ou la création artistique. Mais le modèle matrimonial et matriarcal s'étendant aux hommes eux-mêmes, les pères en deuil suscitent également la stupéfaction et la réprobation s'ils n'expriment pas le désir de rentrer dans le rang de la procréation.

Par scrupule, par délicatesse ou par discrétion, personne (sauf exception) n'osera prétendre que le nouvel enfant vient remplacer l'enfant disparu. Pourtant, c'est bien cette conviction-là qui se trouve implicitement engagée dans la demande que la société de consolation adresse aux parents en deuil. Et elle est tout à fait en phase avec l'idéologie nouvelle qui considère l'enfant comme l'objet de consommation par excellence : rationnellement concevable, techniquement manufacturable, financièrement acquérable, susceptible bien sûr de malfaçon, mais au bout du compte remplaçable s'il faut s'en séparer.

Cette croyance en la substituabilité de l'enfant — sur laquelle repose l'idée même de « travail du deuil » — favorise l'émergence de toutes sortes de superstitions infantiles qui s'agglomèrent au sein de la religion nouvelle. Alors que plus personne ne croit à la résurrection — qui affirme le retour à la vie de l'individu singulier, dans son âme et son corps, au moment de l'hypothétique Jugement dernier —, de plus en plus de gens confient ne pas douter de la réincarnation — qui, à l'inverse, suppose une sorte de grand mouvement cyclique au sein duquel l'individu se dissout pour que se trouve accompli le grand processus suffisant de la vie tournant sur elle-même dans la boucle éternelle du temps. Je pourrais citer Frazer encore puisque toutes les croyances primitives posent que les nouveau-nés sont des morts qui reviennent. Non pas des fantômes — car le fantôme témoigne au contraire d'un arrière-monde où le défunt s'éternise et qu'il manifeste. Non, très précisément des vivants qui, délivrés de leur identité ancienne, reprennent leur place. La mort est ainsi niée car elle n'est plus qu'un intervalle entre la vie et la vie. Dans l'économie très naturaliste d'une telle conception, rien ne se perd et rien ne se crée. Il n'y a plus qu'un grand mouvement de vases communicants qu'assure la perpétuation de l'espèce. Puisque faire naître des vivants revient à rappeler les morts à l'existence qui leur est due.

D'une telle conviction se déduisent aussi tous les fantasmes actuels du clonage qui assume imaginairement le rêve d'un remplacement à l'identique de l'enfant mort. Rêve extraordinairement barbare mais dont certains conçoivent parfois non seulement qu'il puisse répondre au désir légitime des parents endeuillés, mais même qu'il constitue la preuve irréfutable que, dans certaines circonstances au moins, la technique du clonage humain pourrait se trouver justifiée.

*De la littérature et de ses vertus
thérapeutiques supposées*

Je ne sais plus très bien quelle folie m'a pris lorsque je me suis mis à écrire. En quatre ou cinq semaines, j'avais fini mon premier roman. *L'enfant éternel* a paru en janvier 1997. Sept mois seulement avaient passé depuis la mort de Pauline. Il n'était pas encore sous presse que j'avais commencé un deuxième livre. *Toute la nuit* a été publié en mars 1999. Je ne pouvais plus m'arrêter. J'éprouvais la certitude que chaque nouveau roman appelait le correctif d'un autre livre qui effacerait la honte du précédent. J'avais besoin d'un dernier mot qui abolirait tous les autres. Mais, à peine posé, ce dernier mot me laissait aussi inquiet que le premier tant il me semblait également indigne de ce qu'il aurait fallu écrire. Afin de m'en délivrer, je me jetais toujours davantage au-devant de cette indignité. L'impression grandissait en moi de m'être engagé dans un piège où chaque nouveau mouvement m'enfonçait davantage. Il

151

aurait peut-être fallu me taire depuis le début. Mais je savais qu'il était trop tard désormais. Je comprenais qu'il n'y aurait pas d'issue. Et pas de salut non plus.

J'étais entré dans un roman qui n'avait pas de fin. Même les essais que j'ai publiés en constituaient aussi des chapitres. De la façon en apparence la plus impersonnelle, ils traitaient de littérature, d'art ou de philosophie. Mais, en vérité, ils racontaient encore mon histoire. J'ai eu l'impression d'être arrivé au bout de tout. Alors, pour voir, j'ai essayé une dernière fois sans plus croire du tout à ce que je faisais. Dans ces dispositions, j'ai écrit *Sarinagara*, qui a paru à l'automne 2004. Et il y a eu ensuite un autre roman encore que j'ai longtemps hésité à laisser publier. Et cet essai maintenant. Chaque livre nouveau, je l'écrivais pour qu'il fût le dernier et que je me retrouve, après lui, quitte de tout. Je n'ai pas changé d'idée. J'écris toujours afin de pouvoir cesser de le faire. Mais je n'y parviens pas.

Je ne me plains pas du monde. Mes romans ont été lus. Ils ont réussi à exister dans la sphère très confidentielle que la société réserve désormais à la littérature. Vu la vérité irrecevable dont ils font état, je ne pense pas qu'ils auraient pu toucher un plus grand nombre de personnes. Je ne me suis jamais imaginé en train d'en assurer la promotion sur le grand marché où se font les best-sellers. Je n'ai pas d'avis à leur sujet. Les relire m'accablerait. Me consternerait également. Si j'y pense parfois, c'est à la façon de gestes que j'aurais faits jadis et qui étaient alors justes mais dont je ne sais pas dire la valeur qu'ils conservent. Ni pour moi ni pour autrui. J'ai à peine le sentiment d'en avoir été l'auteur. Ils se sont écrits sans moi. Je ne retrouve plus nulle part la force de certitude qui les a rendus possibles. Ils me semblent plus étrangers que les livres d'un autre. Ils parlent une langue morte et que je ne sais plus traduire avec mes mots d'aujourd'hui. Je crois que c'est un sentiment qu'éprouvent tous ceux qui ont écrit.

De nombreuses personnes m'ont dit que mes livres, ils les considéraient comme a priori d'une lecture impossible en raison de cette réalité insoutenable dont ils faisaient un roman. Je veux bien leur donner raison si cela soulage leur conscience. Je n'ai rien d'autre à leur dire sinon que cet « insoutenable » — dont ils se détournent comme d'un objet d'effroi et de dégoût — il se trouve des milliers d'enfants et d'adultes auprès d'eux qui y sont en ce moment même livrés dans les hôpitaux, dont ils n'ont pas la possibilité de le refuser, qu'il leur faut le « soutenir », le supporter, l'affronter. Et qu'ils y parviennent parce que le choix ne leur est pas laissé.

L'admiration n'empêche en rien l'épaississement du malentendu. Elle en est même l'une des formes. À ceux qui ont lu mes romans, je suis reconnaissant de leur émotion parce que je crois qu'elle ne va pas à mes livres mais à l'enfant qui en fut l'héroïne. Il y a une beauté et une douceur, certainement, à se dire qu'avec vous, après vous, des dizaines de milliers de lecteurs pleurent à travers le monde l'agonie d'une enfant. Car que vaudrait un livre sec et sans larmes ?

Mais cela ne change rien.

Je ne crois pas que la littérature détienne un privilège, qu'elle soit susceptible d'offrir un salut. Elle est juste une manie un peu mélancolique. Entre elle et toutes les autres pratiques à l'aide desquelles les individus occupent leur chagrin, il n'existe pas de différence de nature ou même de degré. Un roman est tout à fait semblable à la tombe qu'on entretient dans le coin d'un cimetière, à l'autel qu'on installe avec quelques objets et quelques portraits sur le rebord d'une fenêtre ou le dessus d'une commode, à l'album de photographies qu'on compose pour soi. Il est un arrangement d'images.

Maurice Blanchot dit magnifiquement de l'image toute la duplicité. L'image rend la réalité absente. Cela signifie qu'elle la fait à la fois revenir et disparaître puisqu'elle la restitue comme nécessairement manquante. Elle est le signe présent d'une absence. Je veux dire qu'elle est en même temps rappel de sa présence et rappel de son absence. La stèle sur le tombeau évoque la personne morte et la maintient vivante au moins comme nom et comme souvenir. Mais elle exprime également que cette personne a définitivement disparu et c'est sa mort dont elle manifeste la mémoire immobile. Il en va ainsi de toute représentation du monde : elle rend visible la chose qu'elle figure mais, se substituant à elle, elle témoigne de son évanouissement. À la limite, elle nous donne la chose comme image mais à la condition exclusive de l'avoir vue disparaître comme chose. Tel est le sacrifice de l'art dont on voit bien qu'il est aussi celui du deuil.

C'est Barthes aussi méditant la nature funéraire de la photographie dans *La Chambre claire* et s'arrêtant enfin sur l'image de sa mère enfant. Lire un roman, regarder une photographie, l'impression est la même : « On dit que le deuil, par son travail progressif, efface lentement la douleur ; je ne pouvais, je ne puis le croire ; car, pour moi, le Temps élimine l'émotion de la perte (je ne pleure pas), c'est tout. Pour le reste, tout est resté immobile. Car ce que j'ai perdu, ce n'est pas une Figure (la Mère), mais un être ; et pas un être, mais une qualité (une âme) : non pas l'indispensable, mais l'irremplaçable. »

Sur la tombe de Pauline, sur la stèle rose au-dessus du gravier blanc, où ne figure aucune croix, nous avons fait inscrire la première phrase du roman de James Barrie, *Peter Pan*, qui dit : « Tous les enfants, sauf un, grandissent. » C'est cette phrase qu'on lisait aussi sur le bandeau rouge de *L'enfant éternel*. C'est elle dont je fais maintenant le titre de ce nouvel essai.

On voudrait qu'un livre ait une valeur thérapeutique et que par l'écriture s'accomplisse enfin le travail du deuil.

Toute la prospère industrie éditoriale et télévisuelle du témoignage repose sur cette croyance : le livre est censé guérir et l'auteur et son lecteur. C'est le mot juste et cruel d'Isidore Ducasse dans ses *Poésies* : « Il existe une convention peu tacite entre l'auteur et le lecteur, par laquelle le premier s'intitule malade, et accepte le second comme garde-malade. » La loi est aisément vérifiable : un livre sur la souffrance et sur la mort ne peut connaître le succès que s'il repose sur une telle convention, s'il souscrit à un tel pacte. Autrement dit : si la parole qu'il propose est susceptible d'être reversée au compte du grand optimisme social.

La plus ancienne des réflexions littéraires de notre tradition, la *Poétique* d'Aristote, a fixé originellement cette croyance dans les vertus thérapeutiques de la littérature. Le philosophe explique comment, au théâtre, le spectateur s'identifie par la terreur et la pitié au héros tragique, qu'il souffre avec lui et pour lui du sort misérable qui lui est fait, et se purifie ainsi de ses propres passions. C'est toute la théorie de ce que l'on nomme la « catharsis » — devenue pour les classiques le fondement indiscuté d'une vision morale de la littérature qui soigne l'homme du mal et lui montre le bien. L'œuvre littéraire est ainsi censée trans-

former le chaos en ordre, résoudre les contradictions qui déchirent la réalité et faire entendre
enfin une parole de consolation et de réconciliation.

Le problème est que personne ne sait très bien
ce que signifie « catharsis » et que la tragédie elle-
même correspond mal à l'image réconfortante
qu'on a fini par s'en faire. Le désastre sans appel
sur lequel elle s'achève ressemble assez peu à une
parole d'apaisement. Nietzsche le note quand il
fait du dionysiaque l'horizon ultime de l'expérience esthétique : l'art est ainsi la confrontation avec la vérité vertigineuse du néant, celle
qu'exprime la leçon du Silène enseignant que la
seule chose que l'homme devrait vraiment désirer
serait de n'être pas né ou bien, à défaut, de mourir
au plus tôt. Contre Hegel et son esthétique,
Lacan, commentant l'*Antigone* de Sophocle, ironise aussi. Les livres de Nicole Loraux — princi-
palement *Les Mères en deuil* — visent à montrer
que la parole tragique est, tout au contraire, une
parole de dissidence par laquelle se trouve refusé le
réconfort d'un retour à l'harmonie. Et ils ajoutent
que cette parole de dissidence se confond avec
l'antique et insistante protestation du deuil ma-
ternel. Mais, au fond, c'est chez Brecht que se
trouve constituée la déconstruction la plus systé-

matique de la proposition aristotélicienne : le dramaturge allemand établit que l'esthétique de la catharsis, parce qu'elle repose sur le principe de l'identification, conduit le spectateur à donner son assentiment à la réalité telle qu'elle est au lieu de lui permettre de s'en distancier pour exercer sur elle la possibilité d'un jugement critique. La question, on le voit, est éthique et politique. Assigner à la littérature une fonction thérapeutique revient à lui confier la mission de justifier le monde, et d'aider les hommes à se résigner à son scandale, à se faire une raison de son iniquité.

Si le livre soigne de la souffrance de vivre, s'il guérit de la douleur du deuil, alors il opère ce tour de passe-passe poétique qui consiste à faire disparaître le scandale dont il naît, à le résoudre en effet et à prohiber toute parole de révolte. Seule une telle littérature est jugée conforme par la société de consolation parce qu'elle accomplit très précisément le programme qui définit celle-ci.

On conçoit que la tragédie ait aujourd'hui disparu — ainsi que le relate George Steiner dans un essai ancien. Autre chose la remplace qu'on nomme le « mélodrame », qui en constitue le double moderne et domine aujourd'hui toutes les formes de la culture de masse, du cinéma hollywoodien jusqu'à ses consternants démarquages télévisuels, téléfilms produits selon un modèle identique et que manufacturent les maisons de production françaises et américaines. Toute la misère du monde est convoquée afin de faire de la figuration dans les feuilletons de TF1 ou les séries de M6 — avec une prédilection pour les histoires larmoyantes dont les victimes sont comme d'habitude des enfants. Mais le *happy end* dicte toujours sa loi de manière à fournir au spectateur une conclusion édifiante conçue pour le rassurer et qui devrait y parvenir si le mensonge en était capable.

Le roman, l'essai — qui sont en passe d'être absorbés par l'industrie du spectacle puisque bientôt ils n'existeront plus que pour y être adaptés — doivent se conformer à la norme du mélodrame. Ils peuvent montrer l'horrible sous son jour le plus cru puisque ce spectacle sanglant satisfait le sentimentalisme social, qu'il donne de la matière au vampirisme compassionnel. Mais il faut ultimement que le sens triomphe et que tout s'achève de manière édifiante. Selon l'ineffable mot — que j'ai cité plus haut — du Président préfacier sortant de sa « formidable » visite aux agonisants, un livre doit être une « leçon de vie ». À cette condition seulement, on lui reconnaîtra le droit d'exister (de passer à la télévision).

Albert Camus, au moment où il adaptait le *Requiem pour une nonne* de Faulkner, ironisait sur une telle morale que ses détracteurs lui prêtaient à tort et qui transforme la souffrance en un « marchepied » (un tremplin sur lequel « rebondir » pour donner un tour un peu plus comique et contemporain à la même image). Non, la souffrance est autre chose, disait-il, elle est un trou et le mystère est que la lumière vient pourtant de ce trou.

Je ne sais pas si mes romans m'ont guéri de la douleur d'avoir perdu ma fille. Je ne le pense pas. Sinon un seul livre aurait suffi. Je serais passé aussitôt à autre chose. Ou alors, il y avait en moi une blessure plus ancienne que cette souffrance a rouverte. Peut-être est-ce tout simplement la blessure d'exister qui se trouve en chacun.

Ce qui est certain, cependant, est que chacun de mes livres s'inscrit explicitement en faux contre l'esthétique d'une littérature thérapeutique. On m'a pourtant félicité — moi aussi — d'avoir

161

fourni au lecteur une « leçon de vie », d'avoir su éviter « l'écueil du pathos », d'avoir magnifiquement montré comment s'accomplit le « travail du deuil », d'avoir « sublimé la souffrance », d'avoir montré enfin comment « la littérature triomphe de la mort ». Ironiquement, on m'a ainsi complimenté d'avoir réussi le contraire de ce que je m'étais proposé de faire. Je l'avais bien cherché, sans doute.

Je continue de penser pourtant que la vraie littérature ne répare rien du désastre de vivre. Qu'elle est l'expression d'une fidélité insensée à l'impossible et qui ne transige jamais sur le non-sens qu'il lui revient de dire, vers lequel il lui faut sans fin retourner. Toute mon éthique tient dans cette conviction. Et d'elle dépend mon esthétique aussi — si je veux user de ces termes dont la grandiloquence fera légitimement sourire, rapportée à mes pauvres livres. La morale n'est d'ailleurs rien d'autre qu'une fidélité comme l'explique le philosophe Alain Badiou : fidélité à l'événement par lequel se constitue le sujet et auquel il se doit. Au fond, il y a eu un seul événement dans ma vie — tout ce qui vient avant ou après prenant sens en relation avec lui — et j'ai voulu lui être passionnément fidèle. Mais je sais bien que je n'y suis pas complètement parvenu.

Il n'y a pas de salut en littérature. De quel privilège les écrivains disposeraient-ils pour se soustraire au désespoir commun ? Mes livres ne m'ont pas sauvé. Mais l'entêtement absurde et un peu suicidaire avec lequel j'écris prouve sans conteste qu'ils m'ont porté secours. Je crois très sincèrement que chacun est le romancier de sa vie, qu'il lui donne la forme d'un rêve ou d'un récit — même si celui-ci reste mental et inécrit. Moi aussi, comme tout le monde, j'ai fait un roman de ma vie et j'ai voulu que ce roman dise l'inexpiable crime de la mort d'une enfant. Je sais bien que je me suis ainsi raconté une histoire, « fait un film » comme on le dit plus trivialement, et qu'ainsi je me suis diverti du désespoir nu qui, autrement, m'aurait anéanti. Alors, j'ai survécu, physiquement et psychiquement. Écrivant, j'ai donné forme à l'informe d'une expérience sans rime ni raison et à laquelle j'ai pourtant conféré l'apparence d'un roman. Mais, le livre refermé, je me trouvais tout aussi démuni qu'avant. Sauvé ? Certainement non. Guéri ? Même pas. Vivant ? Tout juste.

J'ai lu il y a très longtemps un texte de Jacques Derrida qui traite, je crois, de Platon et dont j'ai tout oublié sinon qu'il définit la littérature comme un *pharmakon*. Et ce mot en grec signifie à la fois le poison et l'antidote. Écrire fut certainement pour moi une drogue semblable : un poison que je m'inoculais afin de mourir et l'antidote également qui me permettait de lui survivre.

Je veux insister sur ce point.

Quand j'aurais pu sans doute m'en détourner (fermer les yeux, passer à autre chose), penser ces événements dont je parle fut certainement ma manière à moi de leur rester fidèles et de m'exposer ainsi à l'anéantissante vérité qui en était l'expression. Mais aussi bien, ces mêmes événements, il s'agissait justement de leur donner la forme — distanciée, maîtrisée — d'une pensée qui prendrait en elle tout le pathétique de l'expérience vécue et convertirait la substance vive d'une émotion en la matière plus rassurante d'une réflexion. À cette fin, le roman m'a paru la solution la moins mauvaise puisqu'il pouvait prendre l'apparence d'un témoignage où émotion et réflexion auraient également leur part. Mais l'émotion est toujours plus forte que la réflexion, et il est juste qu'elle le soit puisque c'est de son côté que se tient la vérité.

Du coup, tout ce que l'expérience exigeait aussi de pensée se trouvait aussitôt perdu.

Ce que dit dans le monde d'aujourd'hui la mort d'une enfant, écrire a immédiatement constitué pour moi la manière de le comprendre et de l'exprimer. Mais, donnant une forme esthétique à l'inintelligible, le roman lui devenait aussitôt infidèle. Il en faisait de la littérature, c'est-à-dire peu de chose. Et tout se soldait par une vague poésie. Du coup, le roman devenait irrémédiablement complice du mensonge auquel il prétendait opposer la vérité de sa parole. L'insupportable, il le récupérait au sein de sa propre rhétorique pour le constituer en un objet ambivalent : donnant figure à la mort, il lui accordait certes droit de cité dans la société des vivants mais il n'y parvenait qu'à la condition de lui conférer le statut d'une représentation recevable par cette même société — et selon les règles fixées par celle-ci.

Il y a ce silence où tout bascule. Et le roman ne parvient à traduire ce silence qu'à la condition de le trahir aussi. C'est pourquoi j'ai continué à écrire. Non pas par calcul littéraire ou par fascination morbide comme on me soupçonne parfois de l'avoir fait. Mais simplement dans le dessein de savoir si ce paradoxe auquel je me heurtais, puis-

qu'il ne saurait être résolu, pourrait se trouver perpétuellement suspendu dans la reprise d'une pensée
attachée à aller toujours de l'avant, à projeter au-
devant d'elle-même la contradiction sur laquelle
elle reposait et dont elle ne pourrait jamais avoir
définitivement raison. Ainsi chaque nouveau roman
m'apparaissait comme une concession nouvelle à
ce qu'il aurait fallu refuser une fois pour toutes.
Ce que j'avais voulu dire se perdait toujours davantage.

Avec l'essai qui s'achève, j'ai voulu tout reprendre à partir de rien. M'imaginant — à tort
très certainement — que l'hypothèse d'une autre
parole, préservée de la littérature autant qu'il se
peut, méritait au moins d'être tentée afin que ne
se perde pas l'essentiel auquel me lie la dette inac-
quittable d'avoir aimé.

Mais, bien sûr, à la littérature, on n'échappe jamais.

Même si j'avais tort

La mort est la réalité. Il n'y a sans doute pas de sens à vouloir la refuser. Le discours de la religion, de l'idéologie, de la science, la vieille et immémoriale sagesse, le bon sens enfin nous ordonnent de l'accepter et de nous résoudre enfin à l'inéluctable. La protestation que j'exprime, le refus de donner un assentiment à l'ordre des choses, à sa logique destructrice paraîtront sans doute vains. Je veux bien qu'on me donne tort. S'il y a une vérité quelque part dont Dieu ou la Nature sont le nom, elle exige que les enfants meurent. Comment aller contre la vérité ?

Je cite pour finir ce très célèbre passage des *Frères Karamazov* et les mots que Dostoïevski met dans la bouche d'Ivan et dont personne ne peut dire s'ils expriment ou non sa pensée : « Et si la souffrance des enfants sert à parfaire la somme des douleurs nécessaires à l'acquisition de la vérité,

167

j'affirme d'ores et déjà que cette vérité ne vaut pas un tel prix… Je préfère garder mes souffrances non rachetées et mon indignation persistante, même si j'avais tort ! D'ailleurs, on surfait cette harmonie ; l'entrée coûte trop cher pour nous. J'aime mieux rendre mon billet d'entrée. En honnête homme, je suis même tenu à le rendre au plus tôt. C'est ce que je fais. Je ne refuse pas d'admettre Dieu mais je lui rends mon billet. »

Je veux bien que le refus de consentir à la règle qui fait que les enfants meurent soit absurde. Pourtant, qu'il y ait quelque chose de supérieur à la vérité, de contraire à elle, de préférable au salut, « même si j'avais tort », je le croirais encore.

Je mets un point final à ce livre. Nous sommes le lundi 29 mai. Il y a dix ans je devais être en train de finir le récit que fait *L'enfant éternel*. Je m'imagine que le roman d'hier et l'essai d'aujourd'hui se tiennent face à face dans le temps, qu'ils enveloppent en eux toute l'épaisseur étrange de ces dix années. Beaucoup de choses se sont certainement passées depuis dans ma vie : le chagrin, l'effort peut-être coupable de lui survivre, ces romans qui ont fini par acquérir une consistance si singulière qu'elle me paraît parfois avoir pris la place de toute autre réalité, ma vie avec Hélène, la mort de mon père, le nouvel amour que j'ai vécu, le sentiment splendide qu'il m'a donné de revenir à la vie et l'extrême confusion sentimentale dans laquelle il m'a laissé et à laquelle je ne vois aucune issue. Il y a eu tout cela. Mais je vois bien malgré tout que le temps est resté immobile, que le moment n'est pas passé vers lequel me fait revenir chaque pensée puisque c'est en lui que se tient pour toujours l'expérience vive d'avoir aimé.

Nantes, 26 avril – 29 mai 2006

BIBLIOGRAPHIE

Jean ALLOUCH, *Érotique du deuil au temps de la mort sèche*, EPEL.

Philippe ARIÈS, *Essais sur l'histoire de la mort en Occident*, Seuil.

Alain BADIOU, *L'Éthique*, Hatier.

Roland BARTHES, *La Chambre claire*, in *Œuvres complètes*, t. III, Seuil.

Georges BATAILLE, *L'Érotisme*, in *Œuvres complètes*, t. X, Gallimard.

Jean BAUDRILLARD, *Le Crime parfait*, Galilée.

Maurice BLANCHOT, *L'Espace littéraire*, Gallimard.

Danièle BRUN, *L'Enfant donné pour mort*, Georg.

James FRAZER, *Le Rameau d'or*, 4 vol., Robert Laffont.

Lucien ISRAËL, *Destin du cancer*, LGF.

Julia KRISTEVA, *La Haine et le pardon*, Fayard.

Jacques LACAN, *L'Éthique de la psychanalyse*, Seuil.

Nicole LORAUX, *Les Mères en deuil*, Seuil.

Kenzaburô ÔÉ, *Une famille en voie de guérison*, Gallimard.

Susan SONTAG, *La Maladie comme métaphore*, Christian Bourgois.

DU MÊME AUTEUR

Aux Éditions Gallimard

L'ENFANT ÉTERNEL, coll. « L'Infini », 1997. Prix Femina du premier roman (Folio n° 3115)

TOUTE LA NUIT, coll. « Blanche », 1999. Prix Grinzane Cavour 2007

RAYMOND HAINS, UNS ROMANS, coll. « Art et Artistes », 2004

SARINAGARA, coll. « Blanche », 2004. Prix Décembre (Folio n° 4361)

TOUS LES ENFANTS SAUF UN, 2007 (Folio n° 4775)

LE NOUVEL AMOUR, 2007

ARAKI ENFIN, L'HOMME QUI NE VÉCUT QUE POUR AIMER, coll. « Art et Artistes », 2008

Chez d'autres éditeurs

PHILIPPE SOLLERS, collection « Les contemporains », *Seuil*, 1992

CAMUS, *Marabout*, 1992

LE MOUVEMENT SURRÉALISTE, *Vuibert*, 1994

TEXTES ET LABYRINTHES : JOYCE/KAFKA/MUIR/ BORGES/BUTOR/ROBBE-GRILLET, *Éditions Inter-Universitaires*, 1995

HISTOIRE DE « TEL QUEL », coll. « Fiction & Cie », *Seuil*, 1995

OÉ KENZABURÔ : LÉGENDES D'UN ROMANCIER JA-PONAIS, *Pleins Feux*, 2001

PRÈS DES ACACIAS : L'AUTISME, UNE ÉNIGME, en colla-boration avec Olivier Ménanteau, *Actes Sud*, 2002

LA BEAUTÉ DU CONTRESENS ET AUTRES ESSAIS SUR LA LITTÉRATURE JAPONAISE, Allaphbed 1, *Éditions Cécile Defaut*, 2005

DE TEL QUEL À L'INFINI, NOUVEAUX ESSAIS, Allaphbed 2, *Éditions Cécile Defaut*, 2006

LE ROMAN, LE RÉEL ET AUTRES ESSAIS, Allaphbed 3, *Éditions Cécile Defaut*, 2007

HAIKU, ETC suivi de 43 SECONDES, Allaphbed 4, *Éditions Cécile Defaut*, 2008

Composition Floch
Impression Novoprint
à Barcelone, le 23 août 2008
Dépôt legal : août 2008

ISBN 978-2-07-035854-0 /Imprimé en Espagne.

160258